KB120025

푸른 나비

푸른 나비

초 판 1쇄 2023년 04월 26일

지은이 류희
펴낸이 류종렬

펴낸곳 미다스북스
본부장 임종익
편집장 이다경
책임진행 김가영, 신은서, 박유진, 윤가희

등록 2001년 3월 21일 제2001-000040호
주소 서울시 마포구 양화로 133 서교타워 711호
전화 02) 322-7802~3
팩스 02) 6007-1845
블로그 http://blog.naver.com/midasbooks
전자주소 midasbooks@hanmail.net
페이스북 https://www.facebook.com/midasbooks425
인스타그램 https://www.instagram/midasbooks

ISBN 979-11-6910-220-9 03810

값 16,800원

푸른 나비

류희 소설

내가 가졌던 모든 것들에게 전하는 인사

미다스북스

목
차

제1부

나의 평안

우리는 언젠가 내게 주어졌던 모든 것과 완전한 작별을 한다. 그것은 세상이 불공평하다는 말 만큼이나 분명하고, 변함없는 사실이다. 태어나는 순간부터 정해지는 하나의 규칙 같은 것이다. 그러니 지옥에 가본 적 없으면서도 현실이 지옥 같다고 말을 하는 사람들을 보면 얼마나 속이 상하겠는가. 심지어 그들 중에는 창조주라거나 신의 존재를 믿는 이들은 어리석다고 말하기도 한다. 나는 그러한 부류의 사람들을 그리 좋아하지 않는다. 그러나 부끄럽게도 내가 그러한 삶을 살았다는 사실 또한 부인할 수가 없다.

"어쩔 수 없지. 이 세상이 원래 그렇잖아?"

라고 말을 하는 이들에게 쉬이 반박조차 하지 못했던 때가 있었으니 말이다. 필시 그럴 것이 나는 한국에서 태어나기를 원한 적도, 남자가 되기를 스스로 선택한 적도 없었다. 그저 태어났고 그렇게 하루를 살았다. 다만 내가 소망한 것이 있었다면 사람답게 살기를 바랐다. 그러한 탓에 성공을 향한 갈증을 느꼈는지도 모르겠다. 더 높은 곳에 올라, 더 많은 것들을 보여줄 수 있어야만 사람 취급을 받을 수 있으리라 굳게 믿었기 때문이다. 나의 이러한 생각은 어쩌면 아버지가 돌아가신 이후부터였을 것으로 추측

된다. 그는 보수적이셨지만, 내가 아는 그 누구들 중 가장 든든하고 성실한 사람이었다. 자신이 아닌 것들을 위해 온 생을 바치다 일찍이 세상을 뜨셨지만 말이다. 개인적으로 그의 삶이 결코 아름다운 절정에서 끝났다고 생각하지 않는다. 나는 아버지를 진심으로 사랑하였다. 그러나 그는 나에게 성공에 대해 가르침을 주시지는 못했다. 그렇기에 가장 존경하는 사람이 누구냐고 묻는다면 다른 이들처럼 아버지라고 대답할 수 없다. 그가 갑작스러운 죽음으로 이 세상에서 사라졌을 무렵 사람들은 내게 독해져야 한다고 했다. 오로지 돈만을 생각하고 따르라고 했다. 그래서 그렇게 했다. 성공이라는 단어가 갖는 의미는 개인마다 다르지만 어쨌든 내가 엄청난 야망가였다는 사실에는 변함이 없다. 그러나 나의 세계는 이상한 꿈속에 만난 한 아이로 인하여 커다란 전환점을 맞았다고 할 수 있다. 지금부터 내가 겪은 그 기이한 이야기를 해볼까 한다. 그러려면 먼저 내가 회사 다닐 적의 이야기를 빼놓을 수가 없다.

나도 한때는, 어엿한 직장을 가진 평범한 남자였다. 물론 지금이라고 하여 비범하다거나 반대로 초라하다는 의미는 아니다. 때는 약 2년 전, 그러니까 12년 동안 다녔던 회사를 그만두기 전 11월로 거슬러 올라간다. 당시 내가 다니던 곳은 일명 '종로의 쌍둥이'라 불릴 만큼 화려함과 웅장함을 자랑하는 8층짜리 건물이었다. 로비는 금빛으로 물들여 휘황찬란했으며, 허가된 사람이 아니면 건물 안으로 진입하는 것조차 쉽지 않았다. 이러한 보안성과 관련하여 기사화된 적이 있었는데 그 시절 나는 새파란 신입이었기에 나 자신을 무척 자랑스러워했던 것으로 기억한다. 그러나 내가 11년 그 회사에 몸을 담그고 있을 적에는 사건 사고들이 유난히 많이 터져 나오는 시기이기도 했다. 벌리는 손은 많으면서 직원들에게 손을 내밀지 못하는 이른바 '구조조정'을 겪고 있었다고 하면 조금 더 이해가 쉬울 수 있겠다. 재정 위기에 봉착한 회사는 어쩌면 누군가에게는 재난, 그러나 누군가에게는 기회가 되었다. 모르긴 몰라도 나에게는 후자에 속했다. 그것도 모두가 인정하는 아주 확실한 찬스라 할 수 있었다. '이기거나', '굽히거나' 오직 승자와 패자만이 존재하는 세상이지 않은가. 이 말인즉슨, 어쩔 수 없지만 누군가는 반드시 패자가 되어 고개를 숙여야만 했다. 당시 과장이었던 나는 팀장 진급을 앞두고 있었기에 구조조정에 대한 지나친 반응을 보이지 않았다. 사무실은 언제나 그러했듯 무척 조용했다. 조금 더 정확하게 말하자면 조용해지고 있었다. 구두 발끝이 대리석 바닥과 만나 '딱' '딱' 하는 소리와 엘리베이터 도착음만 여러 차례 울려 퍼졌다. 서관 6층에는 몇십 명이나 되는 사람들이 근무를 하고 있었지만 그들은 그저 숨을 죽인 채 컴퓨터 불빛을 마주하고 있을 뿐이었다. 그러면서도 묘하게 음침함을 내뿜어 댔는데, 마치 얼굴에서 벌레가 기어 다녀도 알아채지 못할 만큼 눈가에 힘이 없었다. 슬로건 변경이니, 인력 감축이니 하는 소문이 사실화가 되어가는 통이지만 오로지 그들의 가슴팍에 꽂힌 건 단연코 '돈'이라는 사실을 모르지 않는다. 결국 그들 통장에 계속해서 돈이 들어오느냐, 그렇지 못 하느냐의 문제였다. 그러나 이러한 일이 일어난 것은 나의 잘못이 아니며 그러므로 나와는 아무런 관련 없는 일이라고 호언장담했다. 업무 할당량은 늘어갔고, 나를 찾는 이들이 늘어나는 시점에서 그동안 일궈낸 실적이나 인사고과도 괜찮은 편이었으니 확실한 안전성은 보장 받은 셈이었다. 밤에는 푹 잤고, 아침이면 상쾌하게 일어나 하루에 충실했다. 그것만이 내가 할 수 있는 전부였다.

"좋은 아침."

그 사건이 발발하기 몇 주 전, 팀장이 터덜터덜 걸어 들어오며 풀죽은 목소리로 말했다. 여덟 시 삼십이 분. 나는 손목시계를 보며 그의 출근 시간을 확인했다. 여전히 언행불일치를 실천하는 분이 아닐 수 없었다. 최근 들어 좋은 아침을 맞이한 적이 있기나 할까. 나는 속으로 생각했다. 평소보다 늦어진 출근 시간, 한 칸씩 밀려서 잠근 와이셔츠, 마르고 건조한 피부. 이 점들을 미루어

보았을 때 다소 긍정적이지 못한 소식을 접한 것에는 의심의 여지가 없었다. 과도한 스트레스 탓인지 늘어난 흰색 머리칼과 깊게 패여 늘어진 그의 얼굴을 잠시 바라본 뒤, 책상 위에 펼쳐져 있는 노트로 다시 시선을 내던졌다. 팀장은 크게 한숨을 한 번 내쉬더니 자신의 몸을 지탱하던 오른 손가락 하나를 치켜세워 보이며 내게 말했다.

"오진대 과장, 자네 잠깐 나 좀 보지."

우리 두 사람은 한 층 아래로 내려가 비어 있는 회의실로 향했다. 그는 두 눈동자에 아무것도 비춰지지 않는다는 듯 힘겹게 땅을 바라보며 걸었고, 나는 말없이 그 뒤를 따랐다. 회의실에 들어서자 그는 내게 커피를 마시겠느냐고 물었지만, 나는 괜찮다고 말했다. "자네는 역시 여유가 있구만." 팀장은 이리 대꾸하며 자신의 손에 들려있던 생수를 벌컥 마시는 행위를 반복했다. 나는 그의 말이 칭찬인지는 알 수가 없었다. 그러나 기분 나쁘게 받아들일 이유는 없었다. 팀장은 벽에 기댄 채 양쪽 어깨를 힘껏 들어 올렸다 다시 떨구었기에 그의 옆으로 다가가 의자를 빼주었다. 그러자 고개를 한 번 까딱거리고는 작고 네모난 의자 위로 무거운 몸뚱어리를 내맡겼다. 삐걱삐걱하는 소리가 이따금 울려댔다. 이윽고 잠자코 있던 팀장이 사십 분 가까이 회사 상황에 대해 푸념을 토로하기 시작했는데 가만 들어보면 결국 본인이 회사를 위해 얼마나 노력했는지와 그런 회사가 내린 결정들에 자신은 무척 억울하다는 내용이었다. 나는 그런 일은 나와는 관련 없는 뉴스거리에 지나지 않는다고 생각했지만 그래도 경청한다는 듯 고개를 끄덕여 보였다. 그보다는 대화 도중 몇 번이나 가래를 뱉어대는 그의 폐 상태가 궁금해졌다. 습관적으로 '케엑 쉬익 켁' 하는 소리를 연달아서 내어버리니 저 정도면 회사가 아닌 병원으로 발걸음을 향했어야 했다. 이제 와 솔직하게 말하는 것인데 나는 그의 말을 가슴속에 새겨 넣지는 않았다. 정글 같은 회사에서 내가 올라가는 방법은 위에 있는 누군가를 내몰아야 한다는 조언이 오히려 더 가치 있고 소중한 조언처럼 여겨졌기 때문이다. 그리고 그 자리를 지키지 못한 것은 내 잘못이 아니다. 그러나 팀장이 아주 걱정되지 않은 것만은 아니었다. 그는 내가 처음 이곳에 들어왔을 적에는 과장이었으며 우리가 함께 일한 세월도 결코 적지 않았다. 냉정함과 안타까움이 몸 안에서 뒤섞여 이상한 감정을 만들어냈다. 나는 말없이 그의 옆에 앉았다. 얼마 지나지 않아 잠자코 있던 팀장이 내게 말했다.

“사람들이 말하길, 자네가 운영팀 팀장의 적임자라고 하더군. 고객 관리며, 모든 소셜 활동들에 대해서 아주 능숙하다고 말이야. 그래, 모든 것이 빠르게 변하는데, 그곳에 발맞추기에 나보다는 확실히 자네가 낫지.”

그는 말을 하는 내내 창밖으로 시선을 내던진 채 거둘 생각을 하지 않았다. 모든 것을 내려놓았고, 마치 앞으로 일어날 일을 꿰뚫어보고 있기라도 하는 듯했다. 나는 그의 그런 말을 부정하지는 않았다. 다만 예의 없게 보이고 싶지 않아 쑥스럽다는 듯이 말했다.

“과찬이십니다. 결국 판단은 윗선에서 하는 거니까요. 저도 한낱 직원입니다.”

덜덜 떨리는 그의 손가락이 눈에 들어온 그 순간 나는 무언가 대단한 잘못을 하고 있는 것 같다는 느낌을 떨칠 수가 없었다. 이윽고 으이차 하는 소리와 함께 다시 한 번 의자가 삐걱거렸다. 회의실 문고리를 잡고 있는 그의 뒷모습이 보였다. 나는 순간 아버지 생각이 났다. 그러나 그는 나의 아버지가 아니었다. 아버지였다면 나는 다른 선택을 했을까. 팀장은 알 수 없는 표정으로 나를 내려다보고 있을 뿐 그 외 일절 말 한마디를 하지 않았다. 그날 나는 쳐진 두 눈동자에서 무너진 그의 세상을 보았던 것이다.

같은 날 오후. 점심도 먹지 않은 채 곧장 동관 7층 전무실로 향했다. 바로 꼭대기 8층에는 사장실인 것을 비추어 보았을 때 모든 직원들에게 피라미드 구조가 무엇인지 제대로 보여주고자 했던 것이 틀림없었다. 내가 사장과 이야기를 나눈 것은 고작 사내 시상식에서가 전부지만, 양 전무는 달랐다. 그가 말하길 내가 어린 시절 자신의 모습과 많이 닮았다고 했다. 내 가족의 안부를 물었으며 가끔씩 있는 등산 모임에 나를 초대하기도 했다. 엘리베이터에서 내리자 기계처럼 한 여성이 등장했다. 비서로 보이는 그녀는 얼굴의 절반을 뒤덮을 만한 얇은 테의 동그란 안경을 쓰고 있었는데, 먼지 하나 보이지 않은 빳빳한 검정색 정장과 무척 잘 어울렸다. 나를 잽싸게 지나쳐 다시 자리에 앉은 그녀는 허리를 쭉 펴고 앉아 한 손으로는 수화기를, 다른 한 손으로는 서류 파일을 사락 넘겼다. 그러면서도 내 쪽을 향해 고개 한 번을 돌리지 않았다. 자주 겪어도 적응되지 않는 순간들이 있다. 나는 그 모습을 보며 조금 기다려야 했다. 높은 천장까지 미처 닿지 못한 듯 차갑고 스산한 공기가 방 주변을 맴돌고 있었다. 그녀는 마치 자동응답기 마냥 "네, 알겠습니다."만 반복할 뿐 그 이상의 언급을 한다거나 혹은, 인상 한 번을 찡그리지 않았다. 지금 저 여자의 머릿속에는 무엇이 들어차 있을까 생각하던 찰나, 그녀가 자신의 책상을 퉁! 퉁! 퉁! 하고 세 번을 쳐 댔다. 순간적으로 들썩거린 어깨를 내 밑에 깔려 있는 카펫도 볼 수 있었으리라. 그들에게 눈이 있다면 말이다. 그녀는 고개를 살짝 기울이며 나를 쏘아보고 있었는데, 눈이 마주치자 말없이 고개를 끄덕이더니 안으로 들어오라는 손짓을 했다. 십 분 조금 안 되게 기다린 끝에 양 전무를 보았다. 그는 쓰고 있던 작은 안경을 책상 위에 올려두고는 나를 향해 두 팔 벌려 다가왔다. 키는 나와 비슷했지만 조금 더 풍채가 있었으며 특히 구레나룻에 흰머리가 듬성 나 있는 중년이었다. 양 전무의 세상 인자한 미소를 굳이 비유하자면 하회탈과 비슷했다.

"일전에 자네가 건의한 대로 진행키로 했네. 팀장 자리에 앉으면 더 자주 볼 수 있겠구먼 그래. 나는 자네를 믿어. 이곳에서 근무한 지 무려 12년이 되어가지 않나? 허허."

그가 말했다. 그리고는 멋쩍다는 듯이 어색하게 웃어 보였다. 그가 회사에 온 지는 대략 6년 정도 되었을 무렵이었다. 다른 기업에서 18년 가까이 근무하다 우리 회사로 스카우트 제의를 받아 지금의 자리에 앉아 있다는 사내 통신문을 보았는데, 그것이 사실인지는 확실하지 않다. 설령 그것이 거짓이라 할지라도 내가 할 수 있는 것은 없었다. 그들이 그렇다 하면 나는 그것이 맞다며 고개를 끄덕였다. 내가 틀리지 않았어도 나의 의견은 완전히 틀린 것이라 치부했다. 누군가 말하길 모두가 그렇다고 할 때 한 사람쯤은 아니라고 대답할 줄 알아야 한다고 했다. 그러나 그러한 말이 명언이 된 데에는 타당한 이유가 있는 것이다. 내 말은, 대다수가 그 말을 믿지만 행하지는 않는다. 나는 아스팔트의 길을 꾸준히 걸어온 그의 경영 정신과 명석한 두뇌에 반해 우리 회사에서 모시고 온 능력자라는 사실을 잘 알고 있다고 말하며 미소를 지어 보였다. 그리고는 그에 비하면 나는 아직 신생아 수준이라는 말도 빼놓지 않았다. 양 전무는 몸을 뒤로 젖히며 힘껏 웃어 보였다. 이윽고 방금 보았던 비서가 다과와 음료를 들고서 안으로 들어왔다. 안경은 쓰지 않은 상태였다. 그녀로부터 시선을 뺏은 것은 양 전무의 말이었다.

"믿으면 그게 진실이 되는 거야. 괜한 감정 들쑤실 생각일랑 하지 말라고. 우 팀장, 그 양반은 그저 본래 자신이 있던 위치로 돌아가는 것뿐이야. 이제 가정에 충실할 때가 된 거지. 안 그런가? 일을 열심히 하면서 가정을 같이 지키려고 하면 자신에게 탈이 나는 법이지."

나는 그 말의 동의했다

"그렇습니다. 전무님."

[운영팀 팀장 우 형 퇴사]

그로부터 약 일주일 후 그의 마지막이 공식화되었다. 떠나기 전 팀장은 예상대로 마지막 주 금요일에 송별회를 하고자 했다. 대다수의 직원들이 자리를 함께했지만 나는 불참했다. 그러나 수많은 입들은 내게 재미난 이야기가 있었다며 하나부터 열까지 다 전해주었다. 대부분은 술에 잔뜩 취해 대리에게 손가락질을 한 직원부터, 집까지 무려 2km 걸어간 직원의 이야기를 빙빙 에둘러 몇 번이고 다시 하는 격이었다. 직원들은 이상하게 어딘가 들뜬 모습이었다. 몇몇은 전쟁통에서 살아남았다면서 대놓고 좋아하기도 하였다. 변한 것은 그뿐만이 아니었다. 사 분의 일가량 되는 책상이 빠지면서 자리는 조금 넓어졌고, 회의실은 늘었으며 세 개의 부서가 통합되면서 곧 새로운 상무가 올 것이라는 소식도 들려왔다. 새로운 얼굴들이 너무 많이 보이는 탓에 나는 기존에 있던 한 남자 대리에게 말을 건넸다.

"아쉽네요. 저도 갔으면 정말 좋았을 텐데요."

사실이었다. 한참 동안 벽에 붙어 있는 명단자 이름에서 눈을 떼지 못하였다.

"들었어요. 여동생분과 같이 계셨다고요. 과장님의 끓어오르는 가족 사랑! 정말 대단하십니다. 아, 예비 팀장님."

"당연하죠. 세상에서 가족만큼 소중한 존재도 없죠."

나는 어깨를 으쓱해 보이며, '예비 팀장님'이라 부르는 다른 이들의 말에 비동의하는 일체의 행동이나 언급을 삼갔다. 대신 가족에 대한 극진한 사랑을 보여줌으로써 팀장이 될 자격이 충분하다는 사실을 한 번 더 각인시키는 것으로 대신했다. 시간이 지나면 알게 되는 것들은 많다. 그러나 그것은 이미 지난 이후이기에 더 이상 중요해지지 않는다. 그때 내가 생각했던 것도 같은 맥락이었다. 내가 한 모든 행동들은 결코 비이상적인 것이 아니며 그저 살기 위한 하나의 수단이었을 뿐이라 여겼던 것이다. 그것은 결국 모두가 아닌 체할 뿐 나보다 덜 잔인하거나, 더욱 잔인한 사람들 속에서 살아남는 나의 방식이었다고 말이다. 그러나 나의 이러한 생각은 그리 오래 가지 않았다. 상황은 대략적으로 이러했다. 우 형 팀장이 나가고 얼마 지나지 않아, 일전에 말을 걸었던 남자 대리가 내게 다가와 말하길 이번에 새롭게 부임하는 상무가 진급시킬 사람들을 검토해보고 있으며 다만 그 명단에 내가 없다는 것이었다. 그는 무척 걱정스럽다는 듯이 바들거리는 목소리로 몇 차례고 속삭였다. 어찌나 가까이 다가오던지 숨의 뜨거운 온기마저 내 피부에 닿았는데 원체 키가 크고, 마른 탓에 멀리서 보면 누군가 오해를 할 성도 싶었다. 그때마다 나는 재빨리 고개를 틀어 주변을 살피지 않을 수 없었다.

11월 말이었던 것으로 기억한다. 이른 아침 차가운 공기가 바람을 타고 퍼져 내 머리를 가볍게 스치며 지나치고 있었다. 나는 그것을 피할 생각조차 하지 않고 온몸으로 느끼고는 했다. 나를 걱정하는 이들에게 원래 직급이 높아질수록 회사 상황에 대해 제일 모르는 법이라며 새로 부임한 사람이라고 그것을 잘 알 수 없다고 이야기했다. 사람들은 나의 부드러우면서도 단호한 말투에 안심하는 듯 살짝 미소를 지어 보일 뿐이었다. 그리고는 고개를 끄덕이며 "네, 그 말이 맞죠."라고 덧붙였다. 솔직히 말하자면 어찌

할 바를 몰랐다. 나는 계획했던 일들이 틀어지면 화가 났다. 그러한 성격은 군대를 가면서 형성되었을 것이다. 무언가를 깊게 생각할수록, 더 많은 것들이 커다란 파도가 되어 나를 덮쳐버릴 것 같은 기분은 언제나 달갑지 않다. 얼마 지나지 않아 옥상에서 담배 하나를 태우고 있는데 또각또각 발꿈치가 먼저 닿으면서 생기는 하이힐 소리가 들려왔다. 특유의 녹슨 문이 여닫힐 때 생기는 소름끼치는 소리가 내 귀를 관통했다. 그와 동시에 한 여자의 옆모습이 희미하게 보였다. 묶었다가 막 풀어 헤친 듯 제멋대로 구불거리고 있는 머리카락, 그에 걸쳐진 듯 아주 작고 미세하게 나타난 얼굴을 보고서도 나는 그녀가 누구인지 단숨에 알아볼 수 있었다.

"안녕하십니까, 과장님. 진급 축하드립니다."

옥상에 있던 다른 이들이 그녀를 보고 인사했다. 그 중 종이컵 하나를 손에 들고 있던 한 남자는 긴장한 듯 목소리에 힘이 실려 있는 것이 멀리서도 느껴질 정도였다. 그러면서 과장스럽게 몸을 반쯤 접어 보이며 예의를 차려 보였는데, 나는 그가 정말 사회생활을 잘한다고 생각했다. 그를 지긋이 바라보던 여자는 "네." 하는 짧은 대답만을 남겼다. 그러나 내 쪽으로 시선을 돌리지는 않았다. 그러나 나는 그녀가 내 곁으로 다가오고 있음을 느꼈다. 서둘러 주머니로 손을 뻗어 담배 하나를 더 꺼내 입에 물었다. 왜 그렇게 행동하였는지는 아직도 모르겠다. 다만 그녀가 담배 냄새를 무척 싫어하였기에 내가 할 수 있는 가장 바보 같은 행동을 해 보이고 싶었던 것 같다. 나는 잠시 허공을 바라보다 재미있는 이야기라도 생각이 난 것처럼 주체할 수 없는 웃음이 터져 나왔다. 비웃음은 아니었고, 일종의 향수를 머금은 기분 좋은 웃음이었다고 하자. 발소리는 더 이상 들리지 않았다. 그녀가 세 보 정도 떨어진 거리에서 나를 노려보고 있음을 눈치챘다. 우리는 아무런 말을 하지 않았지만 바람을 타고 그녀가 풍기는 특유의 로즈마리 향기가 내 코를 찔렀다. 나는 잠시 묘한 감정들이 내 안에서 솟아나고 있었는데 그것은 나를 괴롭게 하기도 하고, 행복하게 하기도 하는 무척 이상한 것이었다. 질투와 욕심 그 중간 어딘가의 감정 즈음의 미묘함이었던 것 같다. 우리 두 사람에게 이따금씩 말을 거는 이들이 있었지만 대부분은 가벼운 목례만을 남긴 채 곁을 떠났다. 그녀는 내게 왜 자신을 보며 웃었는지에 대해 물었다. 그러나 나는 그것에 대해서 아무런 대답도 하지 않았다. 생각하면 할수록 내가 미소를 지은 이유를 나도 알지 못했을 뿐더러 그녀에게 나는 그저 진급에 눈이 먼 정신 나간 놈으로만 보일 터였다. 그렇게 한 차례 불어온 거대한 마음의 소용돌이는 불쑥 찾아와 쉬이 가라앉지 않았다. 나는 손가락 하나를 들어 눈썹 주위를 타고 빙그르르 원을 그리며 긁어 댔다. 이는 고쳐지지 않는 일종의 습관이었다. 또래 친구들이 손톱을 물어뜯을 때 나는 얼굴에 스스로 흉터를 냄으로써 암묵적인 분노를 표출했던 것이다. 이는 어린 시절부터 쌓여온 어떠한 경험들로 인하여 조금 험상궂게 생겨 보이고 싶은 마음에서 비롯되었는지도 몰랐다. 그녀는 그런 나를 바라보다 대놓고 그만하라고 소리쳤다. 흠칫 놀라며 심장이 엇박자로 빠르게 뛰었다. 나는 그녀의 쏘아 붙이는 듯한 말투에 기가 죽어 조심스럽게 손을 내려놓았다. 내 얼굴에서 피가 나는 것을 보고서야 내 얼굴에서 무언가 흐르는 듯한 기분이 들었다. 손을 가벼이 뻗어보니 손가락 하나에 붉은 피가 얕게 묻어 나왔다. 나는 대수롭지 않다는 듯 아무렇지 않게 슥슥 문질러 닦아냈다. 그녀는 목을 한 차례 돌려 대며 나에게 물었다.

“우 형 팀장님, 퇴사하셨는데 송별회에도 안 갔다고 하더라. 다른 사람은 몰라도, 오빠는 갔어야 하는 것 아닌가?”

나는 무어라 대답해야 할지 몰랐다. 그녀는 팀장이 내게는 어떤 존재였는지 잘 알고 있었다. 어쩌면 가장 가까이서 본 사람 중 하나라 해도 좋았다. 그는 내게 아버지 같은 분이 맞았지만 아버지가 아니었다. 그러나 그때의 나는 아버지 대신 퇴사한 팀장이 더욱 자주 그리웠다는 것을 순순히 인정하는 바이다. 그 무렵, 구름에 감춰졌던 태양이 제 위용을 드러내며 우리 두 사람을 감쌌다. 그것은 아주 따뜻하고 포근했다. 검은 그림자는 아주 길게 늘어지기 시작했고, 그것은 우리를 다정한 무언가처럼 보이도록 만들어주고 있었다. 나는 잠자코 있다가 서서히 입을 떼어 말했다.

"생각해 본 적이 있어. 나에게 만일 단 6개월의 시간이 주어진다면 무엇을 해야 할까. 다른 사람들은 어떤 선택을 할까."

라고 말하며 대부분의 사람들은 먹고살기 위해 하는 일체의 행동들은 관두고 가족들에게 달려갈 것이라고 했다. 그리고는 아주 솔직한 심정을 이야기해도 좋다면 나는 세상이 그렇게 돌아가지 않는다는 말을 덧붙였다. 그녀는 잠시 흔들리는 눈빛으로 나를 바라보며 자신은 그 말의 숨은 의미를 잘 알지 못하겠다고 말했다.

"숨은 의미 같은 것은 없어. 다만 6개월이면 그리 길지 않은 시간일 수 있지. 이 세상을 마무리 짓기에는 말이야. 그러면 사람들은 이렇게 이야기할 거야. 자신은 모든 것을 내던지고 여행을 떠나거나, 소중한 사람들을 만나서 아주 즐거운 시간을 보낼 것이라고 말이야. 또 어떤 이들은 그것이 모두 거짓부렁이라며 부인하고 따져 대느라 시간을 허비할 테지. 하지만 나는 그렇지 않아. 마지막 순간 모든 것을 내던지기 전에 무언가 하나 즈음은 가질 거야. 내 작은 발자취라도 남겨놓을 거야. 그게 내가 살아가는 방식이고 늘 그런 마음으로 살았을 뿐이야."

그녀는 내가 선택한 방법이 그리 정직하지 않다고 말했지만 개의치 않았다. 나의 정직성은 시대가 지나면서 묻힐 터였다. 아버지를 죽음으로 몰아간 뺑소니 범인이 여태껏 잡히지 않고 잘 살아가는 것처럼 말이다. 바람이 다시 한 번 가볍게 나를 스치고 가는 것을 느꼈다. 나는 일을 하러 내려가기 전에 바닥에 떨어진 담배 잔여들을 주워 담아 쓰레기통으로 내던졌다. 그러는 동안 그녀는 그것은 자기합리화에 불과한 것이라고 말했다. 나는 그럴지도 모른다고 생각했다. 고개를 돌려 내 뒤에서 팔짱을 끼고 있는 그녀를 지긋이 바라보았다. 입술부터 다음은 코, 다음은 두 눈, 마지막으로 그 중간에 나 있는 주근깨들까지. 모두 내가 아는 그대로 그 자리에 그대로 있었다. 나는 그녀와 함께 서 있는 순간이 싫지 않았다. 아니 오히려, 바람을 타고 불어오는 그녀의 향기가 내 마음을 요동치게 만들기 충분했다.

"과장 된 것 축하해. 솔이야."

내가 다소 힘이 들어간 목소리로 그녀에게 말했다. 힐을 신은 탓에 그녀의 두 눈동자가 나의 것과 같은 위치에 있었다. 그녀는 눈을 내리깔지 않고 꼿꼿이 마주 보며 말했다.

"나는 내가 마땅히 가졌어야 할 자리를 되찾은 것 뿐이야."

목소리에는 분노 혹은 짜증이 섞여 있었는데 확실히 긍정적이라거나 신이 난 듯한 어투는 아니었다. 오히려 단호하고 냉담했다. 나를 아주 많이 미워하고 있었던 것은 분명했다. 시간이 흐를수록 나 혼자 괴상한 사람이 된 것 같은 기분을 떨칠 수가 없었다. 마음속에서 수많은 감정들이 타고 올라왔지만 꾹 삼켜야만 했던 때가 동시에 생각이 났다. 단언컨대, 한겨울에 제 아무리 눈송이가 몰아친대도, 한철 꽃송이같이 내 마음을 일렁이게 하는 존재. 그녀가 바로 임솔이였다.

시간이 얼마 지나지 않아 12월 무렵.

머릿속을 헤집고 들어오는 해결되지 않은 궁금증들이 밤이고

낮이고 나를 괴롭히는 탓에 통 잠을 자지 못했다. 흉흉한 소문들이 나돌기 시작했지만 어느 것 하나 사실 확인이 어려웠으며 그것들은 나의 혼란을 더욱 가중시켰다. 의식하고 싶지 않지만 사람들의 달라진 눈빛을 보았던 것도 같은 때였다. 솔직히 나는 아직도 그 놈이 왜 하필 그때 내 눈앞에 나타난 것인지 당최 알 수가 없다. 다만 내 인생은 그때와 지금으로 나뉜다고 말할 수 있겠다. 당시 나는 주위 사람들과 거의 대화를 나누지 않았으며, 미소를 지으면서도 필사적으로 그들과 멀어지고 있었다. 내가 할 수 있는 것은 다만 매일 밤 회사에서 살다시피 하는 것뿐이었다. 일부러 늦은 시간에 이메일을 보냈다. 발송 시간이 나의 업무 성실도를 증명해줄 것이라 생각했다. 전무를 다시 찾아가서 물어볼 수는 없었기에 그의 비서와 친하게 지낸다는 다른 여직원들에게 소식을 묻기도 하였다. 한번은 아직 비어 있는 팀장 자리를 어슬렁거리며 내가 이 자리에 앉게 되었을 때의 자세들을 구상해보기도 하였다. 팀장 미팅과 주재원 출장, 심지어는 상상의 나래 속에 외국 카지노에서 대박을 터트리는 장면도 빼놓지 않고 있었다. 그것은 나를 설레게 했지만, 어쨌든 팀장은 위엄을 보여야 하는 자리였기에 그런 생각들을 절대로 입 밖으로 내지는 않았다.

'그래 나야말로, 자격이 있는 사람이잖아.'

다만 이렇게 생각했다.

그 사이 회사는 나름의 안정을 찾아가는 듯 보였다. 기존 누리끼리하던 조명을 하얀 색으로 바꾸고 전반적인 리모델링도 진행되었는데, 특히 유리창을 넓고 커다랗게 만들었다. 이는 부사장 아이디어로 햇살과 탁 트인 전망이 능률에 얼마나 도움이 되는지에 대한 글을 읽고 사장에게 적극 추천하였다고 한다. 건너편 부서에서 일하던 기획팀이 우리 부서와 통합되었다. 자리 정리를 하는 솔이가 눈에 띄었다. 머지않아 나와 조금 더 가까워질 것이었다. 새로운 직원들로 대거 채용되었다. 면접에서 만나 그새 친해진 이들끼리 어울렸다. 나는 그것이 무척 부러웠다. 그러나 냉정해도 된다면 어차피 나는 그들과 가까워질 수 없다는 사실을 모르지 않는다고 말하고 싶다. 더구나 우리는 모두가 친구라고 이야기하면서도 '진정한' 친구가 아니라는 이상한 말을 하며 살아가지 않는가. 결국 친구란 이방인의 조금 더 부드러운 언어에 지나지 않는다. 이제는 편리함이나 자동화가 없으면 불편함을 느끼는 세상에 살고 있기에 아마 그들 역시 최대치로 효용을 뽑아내기 위한 임시 직원에 불과했을 것이다. 그 몫을 감당해야 하는 건 '채용팀'이지만 그 또한 그들의 운명이었다. 채용할 직원이 아직 있다는 것에 감사해야 한다. 과학과 산업이 발달할수록 언젠가 쓸모가 없어질 부서 중 하나였기 때문이다.

"안녕하세요. 상무님 비서로 함께 일하게 된 유아영이라고 합니다."

같은 날 오후 새로운 신입이 왔다. 마치 블랙커피에 크림을 부었을 때의 보이는 그런 갈색 머리칼을 가진 여자가 우리 가운데에 섰다.

"저는 상무님과 4년째 함께 일하고 있습니다. 이전 회사에서 일하다가 같이 왔으니, 특별히 인수인계 해주실 필요 없습니다. 제 일은 누구보다 제가 더 잘 알거든요."

그녀는 웃고 있었지만, 눈빛은 적으로부터 자기 새끼를 지키는 암사자를 보는 듯 날카롭고 차가웠다. 이전 회사에서 일하던 직원을 함께 데리고 온 것을 보아하니 업무 능력 하나는 인정받은 모양이었다. 그녀는 여기저기 둘러보더니 내 쪽으로 다가와 자신의 보스가 도착하는 대로 나를 보고 싶어 한다고 했다. 나는 이상한 반감이 들어 쏘아붙이듯 물었다.

"왜요?"

비아냥거릴 생각은 없었다. 다만 궁금했다. 내 물음에 그녀는 턱을 살짝 치켜들고서 말없이 나를 쳐다보다 조금 더 부드러운 말투로 말했다.

"아 이런. 제가 너무 두서없이 말씀 드렸군요. 이번 팀장 자리 관련하여 간소한 미팅이라고 이야기하면 민망하실까요?"

나는 아니라고 대답했다. 주변에 나와 아영을 지켜보는 이들이 너무 많았기에 별다른 말을 할 수 없었다. 그녀의 눈을 제대로 바라본 것도 그때였다. 밝은 고동색을 띄고 있었는데 마치 한 번도 가본 적 없는 화성을 담고 있는 듯 보였다. 그녀는 자신을 따라오라며 상무실로 나를 안내했다.

"커피는 잘 안 드시지요?"

그녀가 물었다. 그에 나는 조금 놀랐다. 그렇기에 의아해하며 우리가 언제 만난 적이 있느냐고 물었다 그녀는 딱딱한 말투로 나를 한 번도 본 적이 없다고 대답했다. 마치 고드름 하나를 세워 들고 내 심장을 쿡쿡 찔러대기라도 하듯 몹시 불편하고 욱신거렸다. 묘한 긴장감이 맴돌았지만 당황한 티를 내고 싶지 않아 잠자코 있었다. 그러한 침묵을 깬 것은 여자 쪽이었다.

"팀원들이 말해주던데요. 출근길 로비 카페에서 같은 층 사람들을 만났거든요."

라고 말하며 손에 들린 티슈로 책상을 슥슥 닦아댔다. 그리고는 내게 가볍게 목례를 하고 자리를 떴다. 그제야 품고 있던 긴장감들이 한 번에 녹아내리는 탓에 추욱 늘어졌다.

방 안에는 햇살이 가득 비춰 들어오고 있었다. 1층에는 세 명의 남자가 크리스마스 트리를 세우고서 기다란 검정 선을 트리 위에 칭칭 감아대고 있었다. 이곳에 있으면 창밖도 사무실 안의 풍경도 넓게 볼 수 있었다. 주말을 이용해 짐을 전부 가져다 놓은 모양인지 책장에는 서적들이 가득 꽂혀 있었다. 대개는 영어와 스페인어로 적혀져 있었기에 어떤 내용을 담은 건지 유추할 수가 없었다. 그때였다.

"늦었군요. 오래 기다리게 해서 미안합니다."

라는 말과 함께 덜컥하고 문을 열고 들어온 한 남자의 모습이 눈에 들어왔다.

"하태수입니다."

그는 나를 아래로 내려다보며 오른손을 내밀어 보였다. 그때의 감정을 한마디로 정의를 내리는 것은 아직도 어렵다. 머리털이 곤두섰고 식은땀이 흘렀던 것은 분명하다. 고개를 들어 쳐다보는 것조차 버거웠고, 이상한 전율이 흘러 몸이 베베 꼬였다. 나는 떨리는 손으로 천천히 그의 손을 맞잡았다.

"손이 무척 차갑군요. 자, 이쪽으로 앉으시지요."

라고 말하며 상무실 중앙에 위치한 기다란 6인용 유리 테이블을 가리키며 말하며 자신은 가운데 의자에 앉았다. 창문을 통해 비춰 들어오는 햇볕을 배경 삼아 엄청난 자신감과 위용을 보여주는 듯했다. 길게 뻗은 다리를 지나, 가슴에 꽂혀 있는 회사 배지가 눈에 들어 왔다. 나는 한동안 그 자리에 서서 말없이 아래를 쳐다봤는데, 침을 꼴깍 삼키는 동안 두 번의 노크 소리가 들렸다. 첫 번째는 아영이 레몬이 동동 떠 있는 찻잔을 들고 들어왔을 때였다. 태수는 그녀에게 칭찬을 퍼부어 대며 무언가를 더 말했는데, 내 머릿속에 남는 것은 고작 스페인과 어머니 두 단어였다. 그러나 나의 정신을 완전히 앗아간 것은 바로 두 번째 노크 소리였다.

"안녕하세요. 저를 뵙고자 하신다고 들었습니다."

"네, 어서 들어오세요. 임솔이 과장님."

다음 날, 차기 팀장의 자리로 명판이 들어왔다.

[운영팀 팀장 임 솔 이] 모든 것이 갑작스러웠으나 다른 이들에게는 그렇지 않은 듯했다.

혹은 관심이 없는 것인지도 모르겠다고 생각했다. 그도 그럴 것이 처음 보는 얼굴들이 너무 많았다. 나중에 알게 된 사실인데 여직원들은 모조리 솔이가 팀장이 된 것에 환호를 했다고 한다. 그렇게 되면 병리휴가를 쓸 때 편하다는 것이었다. 이해를 하지 못하는 것은 아니었다. 그러나 하필 그 자리에 솔이가 앉은 것은 나로서는 충분히 의아해할 만했다. 이제 겨우 과장이 된 그녀였다. 아무리 대학을 졸업했어도, 혹은 능력 중심 사회로 변하고 있다 하더라도 팀장이 되기 위해서 최소 4년은 더 근무를 했어야 하는 것이 맞았다. 이런저런 생각으로 내가 열심히 머리를 굴릴 동안 다른 이들은 솔이에게 다가가 축하 인사를 건네느라 바빴다. 몇몇 직원이 이른 점심을 먹으러 갈 것을 권했지만 배가 고프지 않았기에 나는 따로 먹겠다고 이야기했다. 그들은 알겠다고 대답하며 재빠르게 엘리베이터에 몸을 실었다. 내 뒤에 서 있던 아영이 또각 소리를 내며 나에게 천천히 다가왔다. 그러면서 묻기를 밀크티를 좋아하느냐고 했다. 자신도 커피를 잘 마시지 못하기에 밀크티를 주로 마시는데 원한다면 내 것도 같이 사다 주겠다고 했다. 나는 굳이 사양하지 않았다. 밀크티를 즐겨 마시는 것은 아니었지만 마다할 이유도 없었기 때문이었다. 다만 내 머릿속에는 그저 옥상으로 가서 담배를 하나 피워야겠다는 생각뿐이었다. 태수의 등장부터 시작하여 모든 것들이 한꺼번에 밀려 들어왔다. 담배를 입에 물면서 이래도 되나 싶었다. 잠시 있다가, 옥상에 혼자 앉아 있던 나를 향해 아영이 다가와 블랙 밀크티를 권했다. 나는 고맙다는 말을 건네며 음료를 받았다.

"설마, 그게 점심인가요?"

"네."

그녀는 짧게 대답했다. 그러면서 밀크티 한 모금을 천천히 들이켰다.

"설마 이거는 과장님이 만든 흔적인가요?"

오히려 그녀는 아니꼽다는 듯 내 옆에 놓인 검은 잔해들을 바라보며 물었다. 그러면서 말하길 자신은 왜 돈을 주고 병을 사는지 이해가 되지 않는다고 했다.

"처음에는 멋있어서, 지금은 나를 달래기 위한 유일한 수단 정도로 하죠."

라고 말하며 주머니로 손을 뻗었으나 잡히는 것이 없었다.

"제기랄."

온몸을 휘감은 햇볕에 눈을 제대로 뜰 수는 없었지만 춥지는 않았다. 힘이 없고 그저 피로감을 느꼈는데, 그 동안의 야근과 스트레스로 인한 모든 것들이 한꺼번에 몸 위로 짓눌리는 듯했다. 그러는 동안 그녀는 눈을 감고 있었는데, 어딘가 편안해 보이기까지 했다. 나는 두 손바닥에 내 얼굴을 파묻었고, 그런 나에게 아영이 말했다.

"억울한가요?"

"왜 아니겠습니까. 자그마치 12년이에요. 나의 모든 청춘이 서려 있는 곳입니다. 그런데 우리 회사에 대해 아무것도 모르는 녀석 하나가 나타나 나의 미래를 송두리째 쥐고 있는 걸 두고만 봐야 하는 그 심정을 아십니까?"

정말로 묻고 싶었던 것은 아니었다. 그렇다고 하여 달라지는 것도 없었다. 잠자코 있던 그녀는 내 말에 가시가 있다며 정정해줄 것을 요구했다. 그럴 만도 했다. 화가 났지만 그래서는 안 된다고 생각하였기에 입술을 오므리며 어색하게 바라보다, "미안합니다." 하고 내뱉었다. 진심이었다. 입안이 텁텁하여 옆에 두었던 밀크티 한 잔을 들이켰다. 달콤함이 퍼지자 기분은 나아졌지만 건조함까지 제거해주지는 못하였다. 그 탓에 괜스레 더 담배 생각이 났다. 몸에 이상한 한기가 일었고 머리가 아팠다. 이곳에 온 이후로 옥상을 오고 가는 사람은 몇 있었지만 곧장 그 자리를 떴다. 그들은 마치 길거리 구경을 왔다가 보지 말아야 할 것을 보기라도 한 듯 부자연스럽고 어색한 동작으로 나를 피했다. 나는 그들이 나를 어떻게 생각할까 두려웠던 것은 아니지만 자신감이 없었다. 저들과 다시 융합을 할 수 없을 것만 같은 기분이 들었지만 나는 그러한 우울을 표정으로 드러내지 않기 위해 애썼다. 그저 미소를 그저 미소를 지으며 "나는 괜찮아."라고 말하며 의젓한 척했다. 마치 무대 위에서 연극을 하기라도 하는 듯 내가 지을 수 있는 여러 표정 중 하나를 선택하여 보이고 있었다. 내 앞에는 그림자 하나 없었고, 잔바람 결 하나도 나를 스치지 않았다. 그런 나를 일깨운 것은 아영의 목소리였다.

"우리 상무님은 냉정하신 분입니다. 정보다는 회사의 이익과 이미지를 생각하여 내리신 결정이에요."

나는 그가 냉정한 사람이라는 사실은 진즉에 알고 있었지만 다소 사적인 감정이 섞여 있는 것은 아닌지 의문이 든다고 했다. 내부에 준비된 다른 인재들도 많았으며 혹은 외부에서도 충분히 스카우트 해올 수 있었지 않느냐고 따져 들었다. 그녀는 나에게 반박을 하지는 않았지만, 그렇다고 나의 말에 동의하는 듯한 일말의 끄덕임조차도 보이지 않았다. 마네킹처럼 가만히 그 자리에서 있는 그녀를 향해 조금 더 위협적인 목소리로 말했다.

"솔이 능력 있죠, 대학도 나오고 미국에서 유학까지 했으니까요. 하지만 다른 이들이 외국어를 배울 동안 저는 현장에서 경제와 운영에 대해서 배웠어요. 그렇다면 내가 적임자가 되어야 하는 것이 맞지 않나요?"

"그렇게 불만이면 직접 이야기하세요. 하태수 상무님에게."

아영의 말투에서 온화함이라고는 조금도 느낄 수가 없었다. 아무런 대꾸를 하지는 않았다. 괜히 또 거친 말이 나갈 수 있고 어쨌든 그녀가 내 상황을 바꿔줄 수는 없다는 것을 잘 알고 있었기 때문이었다. 어느 새 다가온 푸른색 카디건 차림의 한 남성이 우리 쪽으로 곁눈질을 보내고 있었다. 제멋대로 빨래통에 넣은 것 같이 상의며 하의며 보풀이 잔뜩 올라와 있었다. 말을 섞은 적은 없으나 분명 한 번은 마주쳤을 사람이었다. 그는 가벼운 목례를 했는데, 그것이 나를 향한 것인지는 알 수 없었다. 그러나 우리

둘 중 누구도 그에게 큰 관심을 보이지 않자 조용히 사라졌다. 그 자가 아영에게 관심이 있다는 것을 알게 된 것은 조금 나중의 일이었다. 멀리서 까마귀 두 마리가 가까이 날아오는 것이 보였다. 엇박자로 까악 깍 하고 울어 대는 바람에 기분이 영 좋지는 않았다. 아영과 나는 한동안 잠자코 있었고, 옥상을 오고 가는 발걸음도 서서히 줄었다. 점심시간이 끝났음을 인지하고 자리에서 일어났다. 차가운 바닥에 오래 앉아 있던 탓에 정장 바지가 흐물해지고, 허리에 통증이 일었다.

"친하지는 않으셨나 봅니다. 하 상무님과 오 과장님."

그녀의 물음에 아무런 대답을 하지 않았지만, 다만 나를 조금 불안하게 만든 것은 그녀의 침묵과 미소였다. 무엇을 알고 있는 걸까. 하태수가 우리 회사 그것도 내 상사로 온 이상, 나에게 주어지는 선택지는 단 두 가지였다. 그 자리에 '일시정지' 하거나 완전한 '후퇴'를 하거나. 내가 선택한 것은 전자였다.

"휴가 신청을 한다고요?"

"네."

"하필, 지금 이 상황에서요. 의도적으로 피하는 도구로 밖에 안 보이는데요.”

“네, 피하는 것 맞습니다. 근래 잦은 야근으로 인하여 피로도가 쌓였습니다.”

“그래도 10일 휴가는 너무 길다고 생각되지 않나요? 일 년 치 휴가를 거의 다 쓰는 격인데.”

“아직 올해가 일주일 남았으니, 엄밀히 말하면 내년 휴가를 앞당겨 다 쓰는 것은 아니지요.”

다음 날, 휴가 승인서를 받았다. 솔이는 나에게서 여전히 배려라고는 찾아볼 수 없다며 옥상으로 불러내 타박했다. 부정하고 싶지는 않았다. 크리스마스 주간은 연중 가장 바쁜 시기이다. 근무를 하고자 하는 이들은 없는데, 고객사 및 업체가 요청하는 업무량은 배가 되기 때문이다. 더구나 기획팀에 있던 그녀가 운영팀장 자리에 앉게 되었으니 초과 근무는 피할 수 없을 것이었다. 그러니 자신을 도와주지는 못할망정 배신을 했다고 생각하는 것도 어쩌면 당연한 것일지 몰랐다. 그러나 나는 너무 지쳤고, 무력했다.

나흘 뒤, 곧장 시골로 가는 고속버스에 몸을 내맡겼다. 나조차도 무슨 생각으로 그랬는지는 잘 모르겠다. 다만 쉬고 싶었다. 해외로 나갈 수는 없었다. 영원한 도피를 꿈꾼 것은 아니다. 이는 생각보다 단순하고도 부끄러운 이유로, 내겐 여권이 없었다. 사람의 세상으로부터 벗어날 수 있는, 어떠한 곳에 이를 수 있기를 바랐다. 대부분의 사람들이 고속버스를 그리 예찬하지 않을 것이다. 매연과 특유의 그 버스에서 풍겨오는 멀미 날 것 같은 냄새들. 긴 시간 동안의 지루함. 나도 그 점들에는 동의하는 바이지만 버스에 몸을 싣기 전 잠에 덜 깬 채 마시는 믹스커피 한잔은 아주 맛있다. 화요일 오전에 포항으로 향하는 사람은 몇 없었지만 그만큼 도로도 뻥 뚫려 있어 쉼 없이 내달렸다. 햇볕이 유리 창문을 관통하여 내 얼굴 위에 내리 쬐기 시작했다. 따뜻함보다는 따갑다는 느낌에 더 가까웠다. 그렇지만 기분은 한결 나았다. 버스가 달리기 시작한 지 한 시간도 채 되지 않아 소음은 어느 정도 제거되었다. 몇 안 되는 승객 모두들 잠결에 빠진 듯했다. 이것이 내가 기차를 선택하지 않은 이유였다. 피곤에 찌든 사람들. 젊은 애들은 없고 죄다 노인들이었다. 내가 앉아 있는 자리로 오른편에 군 제복을 입은 청년 빼고는 말이다. 그는 밤송이 같은 얼굴에 피부도 꼭 그것과 같은 색을 갖고 있었다. 그는 생각에 잠긴 듯 멍한 표정으로 연신 창밖을 바라보고 있었다. 그를 보니 군대에서 첫 포상휴가를 받았을 때가 떠올랐다. 나는 힘들기로 유명한 강원도 철원에서 군 생활을 마쳤다. 당시 고향에서 연락을 하고 있던 은지라는 친구 한 명이 나에게 자주 편지를 보내오고는 하였다. 그때는 반가웠지만 제대하고 나서부터는 연락이 끊겼다. 지금은 동물 보호소에서 근무를 하고 있다는 말을 누군가 전해준 적이 있었는데 만난 적은 없었다. 하기야 그것도 정말 오래된 정

보였다. 똘망한 사람은 나와 군대 청년 말고는 없는 듯했다. 삶의 소용돌이에 맞서며 살고 있는 사람들. 저들에게도 희망은 있겠지. 검게 물들여진 아버지의 손톱이 생각난 것도 그 순간이었다. 아버지는 20년 넘게 자동차 정비공으로 근무를 하셨다. 한번은 식사 중에 그에게 물었다.

"왜 이렇게 다 불고 손톱이 지저분해?"

"기름을 많이 만지니까 그렇지."

나쁜 의도는 없었다. 단순한 호기심이었다. 나의 질문에 아버지는 그저 웃으시며 말없이 자신의 손을 내려다보았다. 침울함을 알리는 축 처지는 눈. 자글거리다 못해 패인 얼굴 살들. 내가 기억하는 아버지의 마지막은 그러했다.

"아빠, 울어?"

"그러게. 손이 곱지 못해서 서럽네."

그리고 그것이 그가 할 수 있던 마지막 대답이었을 것이다. 얼마쯤 왔을까 경사진 도로를 달려 바다가 모습을 보이기 시작했다. 창문을 약간 열자 매서운 바람이 얼굴을 마구 때려 얼얼했다. 그러나 바다의 짠내가 내 콧속을 간질였고, 이는 꽤나 기분 좋은 향기였다. 만일 형편이 조금만 더 좋았다면 즐거운 여행길이 되었을 터였다. 태수와 솔이의 얼굴이 번갈아 떠올랐다. 기분이 좋았지만 좋지 않았다. 잠이 쏟아졌다. 나는 천천히 눈을 감았다.

"승객 여러분, 이 버스는 곧 포항시내터미널 역에 도착합니다."

기사가 우렁찬 목소리를 뽐내며 수동적으로 승객들을 깨웠다. 나는 흠칫 놀라며 입가에 흐른 침을 누가 볼까 서둘러 닦아냈다. 탑승자들은 끄응 하는 소리를 내며 하나둘 눈을 떴는데 나의 행동 따위는 안중에도 없는 듯 각자의 자리에서 일제히 소란스러웠다. 버스에서 내리는 순간 신선한 공기가 폐 속으로 가득 채워졌다. 짐을 찾으려고 줄을 섰는데, 그제야 승객들이 열 명도 채 되지 않았다는 것을 알게 되었다. 이런 시골 속으로 들어오는 사람이 없는 이유는 겨울이기 때문인 것인가 생각했다. 동료들은 내 생각을 하고 있을까. 다들 솔이는 잘 도와주고 있을까. 팀장 역할을 하기에는 아직 무리인데, 휴가를 내지 말았어야 했나. 한 가지의 작은 생각에 가지들이 뻗어 스스로 열매를 맺고 있었다. 그러다 태수의 얼굴을 떠올리자 모든 생각의 열매들이 후두둑 하고 떨어졌다. 집 앞에 도착하자 살구가 정답게 꼬리를 흔들며 내게 다가왔다. 나는 피할 생각은 하지 않고 무릎 꿇어 그의 기다랗고 보드라운 몸을 쓰다듬었다. 어찌나 반가워하는지 온 마당을 부산스럽게 뛰어다녔다. 우리 집은 포항 시내에서는 다소 거리가 있다. 차를 끌고 약 25분 정도 나갔어야 했는데, 내가 다니던 중고등학교는 시내와 우리 집 사이에 위치해 있었다. 크게 불편하다고 느끼지는 않았지만 서울에 비하면 확실히 편리하지는 않았다.

"아고, 이게 누구야! 어쩐 일이냐, 전화 한 통 없이."

엄마가 눈앞에 모습을 드러냈다. 전보다 허리가 휘고, 무릎을 많이 굽히고 있던 탓에 키가 더욱 작아 보였다. 나는 엄마를 빼닮았다는 소리를 많이 들었다. 마지막으로 그녀를 본 것은 4년 전 여름이었다. 아버지가 돌아가신 해였고, 여동생과의 연락이 끊긴 것도 그 무렵이었다. 어떤 특별한 이유가 있었던 것은 아니었다. 서로의 부재가 아버지를 생각나지 않게 하는 유일한 방법이라고 판단했는지도 모른다. 엄마는 한쪽 다리를 질질 끌며 내게 다가와 손을 부여잡고 물었다.

"자고 갈 거지?"

라며 얼마나 머물다 갈 예정인지에 대해서 물었다. 나는 아직 잘 모르겠지만 오늘 밤은 이곳에서 잘 것이라고 했다. 우리는 마당을 가로질러 안으로 들어갔는데, 방 안에 퍼져 있는 그득한 냄새가 코를 찔렀다. 오래된 마룻바닥을 걸을 때 생기는 특유의 삐걱거림도 온종일 따라 다닐 기세였다.

"밥은?"

"대충"

"시루떡 좀 먹을래?"

엄마가 물었다. 나는 배가 고팠기에 동의의 의미로 고개를 끄덕여 보였다. 아버지는 토종 경상도분이셨지만, 엄마는 본디 서울에서 태어나고 자라셨다. 아버지는 키가 큰 편이었지만 엄마는 그렇지 않았다. 나는 안타깝게도 신체적인 유전자를 아버지에게서의 얻지 못했다. 엄마는 학창 시절 키 순서대로 번호를 나열하자면 2번 이상으로 올라간 적이 없다고 했고, 그것은 나도 마찬가지였다. 아버지는 그런 엄마에게 첫눈에 반하여 연애한 지 1년 만에 살게 되었다는 이야기를 해주신 적이 있다. 애교가 많은 엄마가 자신은 불의 힘이 너무 강하다는 것이었다. 아버지는 사주에 대해서는 무지하셨기에 당시 이렇게 말했다고 한다.

"내 몸에 기름을 뒤집어쓰고 당신이 화염이 되어 내게 온다고 해도 그 자리를 지킬 거요."

아버지는 부끄럽고 수줍음이 많으셨기에 직접적으로 자신과 혼인을 하자는 말을 한 적은 없었다고 했다. 그러나 두 사람은 암묵적으로 서로의 인생 속에 영원히 머물기로 약속한 모양이었다. 그 사이 내가 태어났고, 일곱 살이 되던 해에 포항으로 건너왔다. 여동생이 태어난 것도 같은 해의 일이다. 그래서일까. 나는 도심에서 풍기는 북적거림과 바쁨에 나름 잘 적응했지만 동생 진아는 "내는 서울만 가면 어지럽다."라며 자신은 곧 죽어도 서울에서는 살지 않을 거라 했다. 하늘에는 이미 저만치 해가 올라와 온 마당을 비추고 있었다. 엄마는 내게 시루떡과 식혜를 건넨 후 자신은 오늘 점심 약속이 있어 나가봐야 한다고 얘기했다.

오랜 바깥 생활로 인하여 피부가 많이 그을렸고 얼굴에 검은 점들이 울긋불긋 나 있는 것을 보며 자연과 세월의 돌풍을 정면으로 맞이했구나 하고 생각했다. 그녀의 뒷모습을 보며 나도 나갈 채비를 했다.

집에서 시내까지 가기 위해 택시를 탔다. 15분 정도가 지나서야 교복을 입은 학생들이 눈에 띄기 시작했다. 시장 근처로 접어들면서 더 많은 사람들을 발견하였는데, 실내 테이블에 앉아 막

걸리를 마시며 바둑을 치는 몇몇 노인들도 보였다. 다시 한 번 팀장의 얼굴을 떠올렸다. 그도 지금쯤 햇볕 아래서 바둑 혹은 골프를 치고 있을까 궁금해졌다. 나와는 별개로 다만 그가 정말 행복했으면 좋겠다고 생각했다. 그의 말마따나 모든 것이 빠르게 변하는 세상이라는데. 하물며 내 직장도, 직위도, 사람도, 내 하루도. 그런데 이곳의 것들은 어째서 그대로일까. 정장보다 가벼운 티셔츠부터 곳곳에 퍼지는 향수 대신 구수한 무언가가 어린 시절의 기억들을 모조리 끌어내고 있었다. 이러한 생각들은 내 오감을 타고 흘러와 전신으로 퍼져 나가며 오묘한 기분을 느끼게끔 했다. 말하자면 여유는 정말 오랜만이었지만, 돌아갈 생각을 하면 우울해지기를 반복했다. '아니지! 그런 생각은 하지 말자.' 하고 몇 번이고 고개를 가로저었다. 오찬 시간이 지난 지는 오래였지만 거리는 사람들도 북적거리기 시작했다. 택시에서 내려 곧장 호떡을 하나 입에 오물거렸다. 머지않아 고향 친구 예찬의 얼굴을 볼 수 있을 터였다. 그는 진아와 마찬가지로 서울살이에 대한 로망보다는 고향의 안락함과 편안함을 추구하였다. 고향으로 향한다는 나의 메시지에 그는 걱정스럽다고 했다. 나는 그를 만나면 가장 먼저 무슨 이야기를 해야 할지 고민했다. 그 찰나, 어딘가에서 규칙적으로 훌쩍거리는 소리가 들려왔다. 어떤 동물의 것은 아니었지만 무척 작은 생명체의 것임에는 틀림없었다. 주변을 둘러보았지만, 아무도 신경 쓰지 않는 듯 보였다. 사람들은 죄다 무거운 보따리 혹은 가방을 짊어지고 각자의 길을 걸을 뿐이었다. 시장 안은 시끄러워 당최 무슨 이야기들을 주고받는지 알 수 없었으나, 울음소리는 멈출 줄 모르고 귓가에 아른거렸다. 나는 호떡이 담겨 있던 종이컵을 마구잡이로 구겨 쓰레기통에 휙 하고 던진 후, 저벅저벅 걷기 시작했다. 이상한 소리의 흔적을 쫓아 서서히 속도를 높였다.

'흐느끼는 소리가 이렇게나 또렷한데, 어째서 아무도 신경 쓰지 않는 것이지?'

라고 생각하며 어디론가 향하는 이들을 유심히 지켜보았다. 이상함을 감지한 것도 아마 비슷한 시기였을 것이다. 마을 사람들을 보면서 그렇게 생각한 것은 처음이었다. 광대뼈 사이로 땀이 흘러내렸다. 태양을 가려주는 건물이 없는 탓일까 유난히 뜨거웠다. 그리고 얼마 지나지 않아 인적이 드문 골목에서 한 명의 어린아이를 목격했다. 쭈그리고 앉아 말없이 울고 있는 그의 어깨에는 작은 상처가 나 있었다.

나는 그쪽으로 조심스럽게 다가가 물었다.

“애야, 너 괜찮니? 왜 여기 혼자 있어?”

이내 주변을 둘러 보다 말을 덧붙였다.

“여기에 언제부터 있었니? 아저씨 이상한 사람 아니야. 괜찮으니까 고개 들어봐.”

그는 고개를 들어 나를 힐끗 쳐다보았다. 물기를 품고 있는 눈동자가 빠르게 흔들리고 있었다. 그곳을 지나가는 사람은 아무도 없었다. 나는 답답함에 한숨을 내뱉고는 허리를 숙여 그에게 눈을 맞추었다.

“이름이 뭐니? 아저씨가 아이스크림 사줄까?”

내가 물었다. 그러다 아이를 꼬시는 유괴범이나 할 법한 말이 내 입에서 나왔다는 사실에 조금 놀랐다. 나는 주춤하다가 다시 말했다.

“아, 그러니까 추우니까 아이스크림은 말고…….”

그렇게 얼버무리는 사이에도 아이는 단 한마디 말도 없이 훌쩍거리기만 했다. 나는 그의 나이도 이름도 몰랐기에 울음을 그칠 때까지 입을 다물어야 했다. 대신 벽에 그려진 벽화들을 유심히 바라보며 같이 쭈그려 앉아 있을 뿐이었다. 담배 생각이 났기에 주머니로 손을 뻗었다 이내 말았다. 시간이 얼마나 흘렀을까 울음소리는 그쳤고, 아이의 시선이 줄곧 나를 향하고 있음을 느꼈다. 하얀 피부에 오동통한 양 볼, 까만색 눈동자, 곱슬거리는 갈색 머리에 어찌나 울었는지 눈은 퉁퉁 부어 살을 거의 덮고 있었다. 눈썹 주위에 작은 상처가 눈에 거슬렸다. 나는 그것이 너무 안쓰러워 견딜 수가 없었다. 천천히 숨을 고를 때마다 아이의 작은 콧구멍이 커졌다가 다시 작아졌다를 반복했다.

내가 다시 물었다.

"아이스크림?"

우리는 손을 잡고 걸었다. 일자로 선 그의 키를 보고서는 아홉 살 정도 되지 않았을까 으레 짐작해보았다. 그보다도 아까의 더위는 온데간데없이 사라지고 몸에서 오한이 일기 시작했다. 땀을 흘린 뒤 오랜 시간 골목길에 있었기 때문이었으리라 으레 짐작했다. 아이는 걷는 내내 한마디도 하지 않았으나 작은 손아귀에는 힘이 실려 있었다. 더 이상 울거나 나를 의심하는 듯한 어떠한 행동도 보이지 않았다. 5분 정도 걸었을까. 눈앞에 동네 슈퍼 하나가 눈에 띄었다. 안으로 들어서자 아이는 가만히 있는데, 내가 더 신이 나서 폴짝거렸던 것으로 기억한다. 나는 고작 몇백 원하는 간식거리들 앞에서 흥분한 목소리로 주절거렸다. 그것은 대부분 이러한 내용들이었다. 나는 서울에서 왔으며, 커다란 빌딩들이 줄지어 있고, 멋진 신사들과 일을 하고 있는데 그런 곳에는 이렇게 작은 구멍가게를 보기가 어렵다는 것이었다. 그러면서 진열되어 있던 파란색 발바닥 모양 사탕과 오도독 씹히는 옥수수 맛 과자를 하나씩 들어 그에게 보여주었다. 그는 아주 이따금씩 희미한 미소를 띨 뿐 별다른 반응을 보이지 않았다.

"예전에 아저씨 때는 말이야. 아이스크림이 하나에 150원 했었어. 그때는 예쁜 짓해서 엄마한테 받은 천 원으로 여동생이랑 같이 아이스크림 사 먹고는 했지……."

잠시뿐일 향수에 젖어 내뱉는 이야기를 아이는 잠자코 듣고 있었다. 나는 헛기침 두어 번을 해 보이며 오랜만에 마주한 것들에 다소 들떴음을 인정했다. 아이는 그렇냐는 듯이 고개를 끄덕거렸다. 그러고는 가게 주변을 여기저기 둘러보기 시작하였다. 흥분감이 가라앉고 얼마 지나지 않아 언제 그랬냐는 듯 피로했고, 동시에 온몸에서 이상한 전율이 흘렀다. 더군다나 오늘 하루 내가 먹은 음식이라고는 터미널에서 먹은 믹스커피와 시장 골목길에서 사 먹은 호떡이 전부였다. 집에 가면 엄마가 주신 시루떡이 테이불 위에 고스란히 있을 터였다. 눅눅해지기 전에 먹고 올 것을 그랬다고 생각하던 찰나, 아이가 나의 소매를 잡아끌었다. 그는 왼편 구석에서 멈춰 섰는데, 그곳에는 딱지부터 시작하여 뽑기 같은 것들이 나란히 진열되어 있었다. 그러나 나의 마음을 사로잡은 것은 시시한 게임기가 아니었다.

"이건, 소원 팔찌잖아?"

고사리 같은 작은 손에 둥그런 실 팔찌가 들려 있는 것을 보고 적잖이 놀랐다. 하얀색과 검은색이 한데 어우러져 고급스러움을 풍기고 있었다. 매듭이 지어진 끝부분에는 푸른색 날개를 지닌 나비 팬던트가 자리 잡고 있었다. 시초가 언제인지는 알 수 없었으나 학교에서 잘 나간다는 누군가가 처음 한 것을 시작으로 전교생들 사이에서 유행처럼 생겨난 것으로 기억난다. 학창 시절 짝사랑하던 여자애와 잘되게 해달라고 빌면서 끊어지기만을 간절히 바랐던 적도 있었다. 내 말은 남녀 가리지 않았다는 말이었다. 아이는 그것을 손에 쥐고서 나를 바라보고 있었다. 검정색 눈동자 안에 나의 모습이 선명하게 비쳤다. 나는 양어깨에 손을 가벼이 올리고는 "그래! 그거 사자!"라고 대답했다. 나는 작은 밴드와 간식거리들을 함께 사 들고 밖으로 나왔다. 하늘이 어두웠다.

소나기라도 쏟아질 듯 구름 더미가 온 하늘을 뒤덮고 있었다. 좀 전까지 뜨겁게 달구던 태양은 제 모습을 감춘 지 오래였고 몇몇 사람들의 손에 우산이 들린 것을 보건대 이미 예보는 된 듯싶었다. 나는 그 자리에 서서 하늘을 올려다보았다. 시간이 얼마나 흘렀을까 저녁이 되자 사람들이 거리로 쏟아져 나오기 시작했다. "이번에는 우리 팀이 이겼어!" 하고 외치는 청년들의 목소리도 심심치 않게 들려왔다. 손에 들린 신발주머니 속에는 축구화가 들려 있겠다고 생각했다. 포항 축구는 예전부터 꽤나 유명했기에 쉽게 예상이 가능했다. 한때는 나도 매일 운동장을 뛰어다니며 축구에 대한 남다른 열망을 품어본 적도 있으니 말이다. 한바탕 비가 쏟아지고 나면 하늘이 더욱 어둑해질 터였다. 땅에서 꿉꿉한 냄새가 스멀스멀 올라오고 있었다. 아이는 끝내 나에게 자신의 이름을 알려주지 않았다. 하기야, 처음 만난 낯선 사람이 이름이며, 나이며 묻는데 솔직하게 대답하면 대답하는 대로 혼이 날 수도 있었다. 나는 쭈그리고 앉아 그에게 눈을 마주쳤다. 그리고는 검은 봉다리 안에서 아까 구매한 어린이용 밴드를 하나 꺼내 그의 눈가에 붙여주며 말했다.

"밴드를 누가 붙여줬냐고 어떤 사람이 묻거든, 너에게 가장 소중한 사람을 이야기해. 그게 사실이 아니더라도 그렇게 하렴. 아저씨는 이만 가야 하는데, 집에 혼자 갈 수 있지?"

그는 입을 앙 다물고서는 얌전히 고개를 끄덕였다.

"아저씨."

그가 처음으로 운을 뗐다. 목소리가 조금 떨렸고, 부드러웠다.

"고맙습니다."

기분이 좋았다. 진아 생각도 잠시 났지만 그녀는 잘 있을 것이었다. 우리를 스쳐 지나가는 사람들은 하나 같이 무표정이었다. 혼자 있을 때 특히 그랬다. 나 홀로 거닐면서 웃을 일은 없다고 말을 하지만 나는 오늘 집으로 돌아가는 길, 이 아이를 생각하며 혼자 미소를 지을 수도 있겠다는 생각을 해보았다. 그것은 행복과 기쁨이 될 터였다. 아이는 잠시 동안 망설이다 운을 뗐다.

"저는요, 나중에 아저씨 같은 사람이 될 거예요."

"하하, 기분 좋은데? 그렇지만 내가 무엇을 하는 사람인 줄 알고 그런 말을 하는 거니?"

"그건 모르지만 괜찮아요. 아저씨는 정말 멋진 사람이에요."

그때만큼은 담배를 피우고 싶다거나, 하찮은 직장 생각조차 나지 않았다. 나는 그의 손을 잡으며 물었다.

"왜 울고 있었는지는 말해줄 수 있니?"

"지금은 안 돼요."

목소리에 단호함이 묻어 있었다. 지금은 안 되고, 나중은 되는 이유가 무엇일지 궁금해졌다. 그러나 입 밖으로 그런 생각을 내뱉는 대신 입술을 조금 내미는 것으로 실망감을 비추어 냈다.

"그렇구나. 그러면, 언제쯤 이 아저씨에게 이야기를 들려줄 수 있을 것 같니?"

"기다리실 거예요? 저 또 보러 오실 건가요?"

"그럼, 당연하지!"

내가 대답했다. 나는 그 아이에게 나중에 조금 더 크면 서울 구경을 시켜주겠다고도 했다. 그는 나의 말에 희미하게 웃어 보이며 대답했다.

"이 팔찌가 끊어질 때요. 그때 말씀 드릴게요. 빌어보세요. 제가 울고 있던 이유를 들을 수 있게 해달라고."

"하하, 그래 알았다. 꼭 그러마. 대신 그때는 이름도 알려주는 거다? 자, 약속!"

라고 말하며 새끼손가락만 펴서 내밀자 그도 나를 따라 했다. 나는 그의 옷을 여미어주고는 그를 내 품에 가까이 끌어당겼다.

아이 또한 말없이 내게 안겨 있었다. 어딘가 구부정하고 뻣뻣한 밀랍인형처럼 그 자리에 서 있을 뿐이었다. 예찬과의 약속을 위해 시내에 남아 있어야 할 터였다. 아이에게 우산을 건네주고는 호주머니 속에 들어 있던 핸드폰을 꺼내 들었다. 부재중 7통. 엄마 2, 예찬에게서 5통이 와 있었다. 의아했다. 이렇게나 전화가 많이 왔는데 어떻게 벨소리 그도 아니면 우웅 거리는 일말의 진동마저도 느끼지 못했을까.

[오늘 저녁 먹고 들어갈게] 라는 짧은 메시지만 엄마에게 남기고, 서둘러 예찬에게 전화를 걸었다.

밖에는 비가 내렸다. 사람들의 옷차림이 많이 무거워졌다. 그도 부족한지 목 끝까지 지퍼를 채우고서는 건물 안으로 들어오고 있었다. 여덟 시 무렵이 되자 식당은 만석이었다. 밖에서 왔다 갔다 하는 사람들이 보였는데 흡연자들인지, 대기자들인지 알 수 없었다. 그러나 족히 다섯에서 여섯은 되어 보였다는 것만 기억한다. 예찬이는 여전했다. 여전히 쾌활했으며, 여전히 훤칠했다. 하지만 옷차림은 일전에 비해 더 간소하고 꾸밈이 없었다. 우리는 같은 중학교를 다닌 동창으로, 만났다 하면 서로의 묻어둔 과거를 하나씩 꺼내어 보고는 한다. 좋은 이야기라고는 하나도 없고, 죄다 여자에게 차이거나 축구할 때 경기를 말아먹은 것들이었다. 그의 부모님은 바닷일을 하시며 어릴 때부터 부족함 없이 자랐다. 공부에는 영 소질이 없었지만 엘리트 코스 학원을 두 개나 다닌 덕에 성적은 늘 상위권을 유지했다. 그는 학교를 간섭쟁이들이 사는 재미없는 곳이라고 이야기하고는 했다. 상위권 간섭쟁이들이 있는 곳으로 가기 위해 반복적인 공부를 해야 한다는 것은 정말 억울한 일이라고 했다. 차라리 그 시간에 밖에 나가 축구를 더 했으면 지금쯤 유럽에 있을지도 모른다는 말도 빼놓지 않았다. 나는 그럴지도 모른다고 대답했다. 그러면서 가끔 오토바이를 타는 잘 나가는 형들을 보면 왜 그렇게 부러워했는지 모르겠다며 지금 생각하면 전부 다 부질없는 것들이라고 했다. 그는 나와 닮은 구석이 아주 많았다. 가족들끼리도 서로 친했기에 주말이면 낚시하는 곳에 나도 따라 나가고는 했다. 그는 성격 또한 아주 좋았다. 매사 여유롭고 장난스러웠으며, 베푸는 것을 좋아하였기에 그를 가까이 하는 또래들이 많았다. 그 점은 나와 아주 달랐다고 할 수 있겠다. 그는 혼자 있는 내게 다가왔던 유일한 사람이었고, 그도 나와 함께 노는 것을 즐거워해줬다.

"그래, 서울살이에 대해 함 애기해봐라."

"그냥 그래."

내가 말했다. 그는 눈썹을 한 번 들썩거리며 사내놈이 좋으면 좋은 것이고, 싫으면 싫은 것이지 그냥 그렇다는 것은 무엇이냐고 타박했다. 예찬의 구수한 사투리는 여전했다. 나는 말없이 눈앞에 놓인 잔을 향해 손을 뻗었다. 그러기를 몇 차례 반복하자 예찬은 장난스러움을 제거한 진지한 표정으로 무슨 일이 있느냐고 물었다. 그에게는 말을 하지 않을 이유가 전혀 없다. 늘 그래왔다. 나를 낳아준 혈육에게도 말하지 못하는 잡동사니들 따위도 두서없이 이야기할 수 있었다. 더구나 그는 내 청춘을 공유한 사이가 아니던가. 그러나 어딘가 불편했다. 변하는 사람들 속에서 예찬은 과연 예전 모습 그대로일까. 확신이 서지 않았다. 잠시 망설이다 나는 그간의 이야기에 대해 서서히 입을 뗐다. 그는 내 말을 듣는 내내 동공을 키웠는데, 몸도 한껏 내 쪽으로 기울이 있던 탓에 눈알이 튀어나와 내게 튕겨질 것만 같았다. 그러면서 주둥이는 앞으로 주욱 내밀고 있었는데, 그것은 어릴 적부터 예찬이 당황하면 나오는 습관 중 하나였다. 얼굴이 더 까맣고 바다에서 자란 어른의 향기가 난다는 점을 빼고는 변한 것이 그리 많지 않았다. 다행이었다. 식당 안은 여전히 붐볐고, 얼굴이 벌겋게 변해 몸을 이리저리 흔드는 사람들이 보였다. 밖에서 기다리던 이들이 식당 한 구석에서 이야기 중인 것을 발견하고는 기다리는 사람이 었구나 생각했다.

"이야, 이거 큰일이네. 전 여자친구는 네 직속 상사. 태수 그 놈은 네 전 여자친구의 상사."

그는 잔을 손에 쥐고서 한껏 흥분한 목소리로 말했다. 사실이었기에 나는 고개를 끄덕였다. 그는 오돌오돌하게 자라난 까만색 턱수염을 매만졌다. 나는 그 자리에 가만히 앉아 있었고 그가 잠시 망설이다 말하길, 절대 친구가 될 수 없는 이들을 상사로 만났다는 것은 정말 유감이지만, 이참에 퇴사를 하는 것은 어떠냐는 것이었다. 어쨌든 거기서 십 년을 넘게 일했으므로, 나의 능력을 인정해주는 곳은 얼마든지 있을 것이라는 말이었다. 내가 남자다운 구석도 있고, 한 회사에서 오래 다녔으니 그 성실성은 충분히 인정받을 수 있다는 것이 그의 의견이었다. 그는 배를 타며 매일 술만 마셨는지 취한 기색 하나 내비치지 않았다. 그의 말을 가만히 듣자 하니 나 또한 그렇게 생각하지 않은 것은 아니었지만 의아하다는 듯 말했다.

"내가 왜 그래야 하는데?"

그에게 역으로 질문을 던지자 당황한 듯 다시 한 번 입술을 주욱 내밀었다. 나는 그런 그의 술잔을 가벼이 채우고는 말을 이어갔다.

"이유가 고작, 대학을 나온 다른 직원들과의 형평성 문제라면, 혹은 유학을 다녀오지 않아 세상의 견문이 좁은 것이라면, 그렇다면 지금까지 회사에서 보낸 내 모든 시간들은 하찮은 게 되는 것이야? 대학 가서 친구들과 술 마시고 외국 아가씨들을 끼고서 놀고 온 것이 내 경험보다 더 값어치가 있다는 소리야?"

얼굴이 화끈거렸고, 혀는 말캉거렸다. 더 이상 몸에서 오한이 느껴지지 않은 이유는 나의 몸이 알코올에 지배를 당했기 때문이었으리라. 쏘아붙이는 나를 향해 예찬은 아무런 말을 하지 않았지만 나로서는 정말 억울하다고 했다. 팀장이 되지 못해서가 아니라 내가 그 자리에 오르지 못한 이유가 그리고 그 이유를 정당화한 장본인이 하태수라는 사실은 내 마음속에 있는 화를 들추기에 충분하다고 말이다. 예찬은 워워 진정하라는 듯의 자세를 취했다. 술기운이 올라왔고 이 기분은 영원히 사라지지 않을 것 같았다. 나는 다른 사람도 아니고, 적어도 하태수에게 또 당하는 것은 불공평한 일이라고 했는데, 예찬은 그에 대해 아무런 말을 하지는 않았지만 무슨 의도인지는 파악하고 있었으리라 짐작했다. 알코올이 식도를 타고 미끄러지듯 빠르게 내려갔다. 뱃속이 차갑게 울렁거리며 오한이 다시금 생긴 것도 그즈음이었다. 이제 비는 멈추었다. 사람들은 하나둘 우산을 접었지만 개중에는 그마저도 귀찮은지 계속 들고 걸었다. 비틀거리며 자리에서 일어섰다. 담배를 피우고 싶었기 때문이다.

다음 날, 아버지 산소를 가기 위해 아침 일찍 일어났다. 머리가 아팠다. 방은 온돌 장판을 켜놓은 덕분에 따뜻했다. 아니 조금은 뜨거웠다. 내 등줄기에 흐른 땀이 그것을 증명해주었다. 핸드폰을 들어 시간을 확인했다. 여섯 시. 알람을 굳이 맞춰놓지 않아도 늘 그 시간대에서 크게 벗어나지 않게 기상했다. 간밤에 아무렇게나 벗어 던져놓은 바지를 집어 들었다. 집에 남아 있는 옷이 몇 벌 즈음은 있으리라 생각하고 바지 여분을 한 벌밖에 챙겨 오지 않아 아껴 입어야 할 판이었다. 엄마는 간밤에 무슨 일이 있었는지 내게 묻지 않았다. 그녀의 말에 의하면 내가 비틀거리며 택시에서 내려서는 한동안 살구와 대화를 나누었다고 하였다. 그런 나의 속을 달래줄 달걀국을 들이켰다. 메추리알을 간장에 담가 만든 반찬과 국이 식사의 전부였다. 엄마는 오늘 밑반찬들을 사기 위해 시장에 나설 생각이라고 말했다. 알겠다는 의미로 고개를 끄덕였고, 평소 먹는 삼각 모양 김밥에 비하면 훨씬 낫다고 여겼기에 속상하지 않았다. 어제 탁자 위에 올려둔 시루떡은 그대로 있었다. 오늘 산소를 다녀와서 먹어야겠다고 생각했다.

"같이 갈까?"

엄마가 말했다. 그녀의 손에는 결혼반지가 여전히 끼워져 있었다. 아버지는 어디를 가도 외롭지 않으실 것이라는 생각에 안심했다. 문득 솔이가 생각났다. 이곳에 오기 전에는 틈틈이 업무 연락에 답장을 보내고는 하였다. 그러나 그것이 얼마나 무의미한 행동인지를 깨닫고 나서야 내 손에서 핸드폰을 멀리할 수 있었다.

"오랜만에 부자끼리 오붓한 대화 나누게요. 엄마는 집에 계세요."

내가 말했다. 그녀에게 그간 있었던 일에 대해서 결코 말하지 못할 것이다. 어쩌면 영원히 말이다. 그녀를 믿지 못해서가 아니었다. 다만, 사랑해서였다. 산소까지는 예찬이 데려다주었다. 우리는 산을 오를 뿐, 간밤에 했던 대화에 대해서는 누구 하나 먼저 입 밖으로 내지 않았다. 나의 이야기에 어쩌면 뾰족한 해답을 줄 수 없기 때문일지도 몰랐다. 실로 그랬던 것이, 결국 내가 선택해야 할 문제였다. 그러나 그는 내 생각을 조금은 알고 싶은 듯 입을 뻥긋뻥긋했다. 물어본다면 이야기를 할 의향은 있었지만 아버지에게 가는 길에서도 그 사람들을 생각하고 싶지 않았다. 그곳에서의 일은 그곳에 놔둘 필요가 있었다. 산소에 오기 전 동네 슈퍼에서 산 막걸리 한 병과 엄마가 준비해준 과일들을 묘지 위에 올려두었다. 아버지는 막걸리를 참 좋아하셨다. 묘를 덮고 있는 잔디 위로 조심스럽게 손을 뻗었다. 따가움이 고스란히 전해졌다. 다행히 날씨는 맑았다. 전날 비가 온 탓에 이슬이 아직 맺혀 있었지만 상쾌한 흙냄새가 가득 풍겨오고 있었다. 갑자기 주체할 수 없을 만큼 눈물이 쏟아졌다. 아버지가 돌아가셨기 때문에 슬픈 것은 아니었다. 그의 장례가 있은 후 다음 날 서울로 가는 기차를 예매했다. 장례를 치르면서도 핸드폰을 수시로 확인하는 내게 여동생이 꽥액 하고 소리 지르던 순간이 떠올랐다. 그러면서도 바쁘면 얼른 일 보라는 엄마의 말이 아직도 선명하다. 입으로, 눈으로, 손으로. 그렇게 아무것도 남겨지지 않을 무언가를 위해 무던히도 애쓰던 나의 모습이 처음으로 안쓰러워졌기 때문이었다. 그런 나를 바라보며 예찬은 한동안 자리를 피했다. "사나이가 눈물을 훔쳐도 되는 순간은 자신 혼자 있을 때뿐이다."라고 언제나 내게 충고하고는 했다. 이번에 그가 내게 보인 행동은 어쩌면 그의 입버릇처럼 하던 말에서 비롯되었는지도 몰랐다. 아직 마르지 않은 잔디는 내 엉덩이를 적시고 있었지만 개의치 않았다. 한바탕 울고 나니 마음은 다소 가벼웠지만 답답함은 여전히 잔류하고 있었다. 두 명의 사람이 오른쪽 통로를 타고 올라왔다. 머지않아 아버지 산소와 그리 멀지 않은 한 묘지에 국화꽃과 약과들을 한 보따리 올려놓았다. 나는 그들을 바라보다 아버지 묘석에 손을 얹었다. 그리고는 말했다.

"보잘것없네요. 살아생전 맛있게 드신 게 고작 막걸리와 과일이라니. 아니죠. 아버지는 어머니가 해주시는 동태전을 특히 좋아하셨어요. 제가 매일 소시지를 찾을 때 무어라 꾸짖으셔 놓고서는 어머니에게 알랑방귀 뀌는 것 제가 다 보았습니다. 노여워 마세요. 어제 갑자기 왔거든요. 아, 어제 낮에는요. 한 꼬마 아이를 만났는데 어찌나 자그맣고 사랑스럽던지 결혼에 성공만 했으면 내 아들도 그만 했겠구나 싶덥니다. 아, 그리고 이것! 아버지를 만나러 오면서 같은 바지를 입고 온 것은 죄송하지만 이 또한 다 사연이 있어요."

나는 마치 깜빡하고 있다가 막 생각이 난 듯 주머니에서 동그란 실 팔찌를 꺼내 들었다. 그리고는 말을 이었다.

"이게 소원 팔찌라는 건데요. 제가 학교 다닐 당시에 한참 유행하던 구식품인데 아직도 팔고 있는 것 있죠? 저기 시장에서 골목 사이로 들어가면 있는 구멍가게에서요. 요즘 같이 편의점이 들어서는 시대에 그런 변변찮은 도로변에서 옛날 가게를 발견하니 어찌나 반갑던지. 거기서 호박맛 쫀드기도 사 왔거든요. 아, 그걸 아버지에게 드리기 위해 가지고 왔어야 했네요. 다음번에는 꼭 들고 올게요."

그리 말하고는 팔찌를 천천히 손목에 감았다. 팔찌에 놓인 것과는 다른 진짜 나비 한 마리가 근처를 맴돌고 있었다. 끈은 손목에 맞게 조절할 수 있었는데 최근 살이 빠진 탓인지 나에게는 약간 헐거웠다. 어느새 태양은 더 높이 떠올라 우리를 비추고 있었다. 땅이 마르는 듯했다. 이 정도의 볕이라면 젖은 바지쯤이야 조금 움직이면 마를 터였다. 예찬의 모습은 아직 보이지 않았다. 고개를 잠시 떨구었다가 다시금 들었을 때 오른편에 있던 이들은 왔던 길을 타고 내려가는 중이었다. 시간이 얼마나 흘렀는지 가늠할 수 없었다. 핸드폰을 들어 시간을 확인해볼 수 있을 터였지만 그렇게 하지 않았다. 정확하게는 그러고 싶지 않았다. 포장된 가짜들의 삶을 사는 이들의 일상은 더 이상 궁금하지 않았기 때문이다. 내가 앉아 있는 자리의 잔디만 햇빛을 보지 못해 주변 친구들보다 낮게 자라날까 걱정하는 편이 낫겠다고 스스로 생각하다 입을 열었다.

"아버지. 아버지는요. 가족을 위해 하기 싫은 일도 마다하지 않으셨잖아요. 그런데 저는요. 자신이 없어요. 어제는 옳다고 말하던 사람들이, 오늘은 아니라고 말해요. 더 높이 갈수록 더 외로워요. 그리고 그까짓 야망 때문에 솔이를…."

쓰읍 하는 소리를 내며 흘러내리는 콧물을 한 번 훔치고는 말을 이었다.

"솔이를 저 밑에 혼자 두었어요. 할 수 있는 온 힘을 다해 그녀를 밑으로 내던지고 저는 두 귀를 닫았어요. 아팠겠죠. 저는 이제 어떻게 해야 하나요? 아버지라면 그 대답을 알고 계실 것 같은데 무어라 말씀이 없으시네요."

누군가 듣고는 있는 것일까. 이제는 예찬이 내 곁에 있으면 좋겠다고 생각했다. 전화를 걸었을 당시 산 아래 흡연실에서 담배를 여러 대 피우고 있는 예찬이 목격되었다. 그는 나에게 한 대 피우겠냐고 권했지만 받지 않기로 했다. 적어도 아버지가 내려다보는 위치에서 그러고 싶지 않았기 때문이다.

"뭐냐, 그 팔찌는?"

그가 내 손목을 지그시 바라보며 물었다. 촌스럽다고 말하면서도 입가에는 미소를 짓고 있었다. 나는 그에게 어제 그 아이가 준 팔찌라고 짧게 대답했다. 예찬은 아아 하는 소리를 내며 말했다.

"그래, 소원 함 빌어봐라. 외길 인생. 누가 안다고."

그가 말할 때마다 내 눈앞에 하얀 연기가 아른거렸다. 켁켁 하고 잔기침이 난 것은 그 때문이었으리라. 말을 할 때는 고개를 돌려 달라고 부탁하자 그가 장난스럽게 웃으며 내 어깨에 팔을 둘렀다. 이제는 떠날 시간이 되었다. 집에 왔을 때는 아무도 없었다. 식탁에 놓인 시루떡을 먹을까 고민하다 이내 말았다. 오늘 저녁으로 엄마가 맛있는 것을 해줄 참이었다. 방에서 작은 베개 하나 집게손가락으로 바짝 당겼다.

'빌어보세요. 제가 울고 있던 이유를 들을 수 있게 해달라고.'

그 아이의 목소리가 계속해서 귓가에 맴돌았다. 그러게 왜 울고 있었을까 또 다시 궁금해지던 찰나였다. 갑자기 졸음이 밀려 왔고, 피곤한 눈을 슬며시 감았다.

회사에 출근하기 위해 지하철에 몸을 실었을 때는 평소와 다를 바가 없었다. 회사 건물 앞에 다다르자 여느 때와 마찬가지로 신호등 앞 횡단보도에서 많은 직원들이 나를 보며 반갑게 인사했다.

"안녕하십니까, 팀장님!"

주변에서 나를 신경 쓰는 사람은 아무도 없는 듯했다. 아니 일부로 귀를 닫기로 작정이라도 한 듯 하나같이 이어폰을 귀에 꽂고 있었다. 그것은 이제 사회의 필수 아이템으로 자리매김을 했는데, 어딜 가나 귀는 막고 고개는 떨군 채 작은 물체에 시선을 고정하는 사람들이 늘었다. 누구 하나 눈이 마주치면 안 되는 것을 규칙으로 삼은 듯 일제히 똑같은 모습을 하고 있었다. 키가 크고 멀쑥한 남자 직원 한 명은 자신이 요즈음 진행 중인 어떠한 프로젝트에 대해서 이야기를 들려주었는데, 사실은 자신이 그만큼 일을 열심히 하고 있다는 것을 보여주고 싶은 듯했다. 사무실은 분주했다. 아는 사람보다 모르는 사람을 더 자주 마주쳤다. 불편하고 어색했다. 자리로 돌아와 심호흡을 한 번 했다. 특유의 강렬한 로즈마리 향이 콧속을 간질일 무렵 익숙한 목소리가 함께 들려왔다.

"팀장님? 거기는 제 자리인데요."

"솔이야. 아니 팀장님. 그게 무슨 말씀이세요?"

"거기는 제 자리입니다."

솔이가 단호하게 말했다. 그러더니 의자를 가로채며 노트북 화면을 켰다. 우리를 구경하는 사람은 없었다. 현존은 했지만, 없었다. 말 그대로였다. 모두가 흐리멍텅한 눈은 사선 아래를 향하고 있을 뿐이었다. 나는 당황했지만 그것에 대해 크게 이상하다고 생각하지는 않았다. 새로운 직원들과 점심을 먹었다. 모두가 친절했고, 업무에 대해 적극적이었다. 솔이는 배가 고프지 않다고 하였다. 또 근처에서 가성비가 떨어지는 샌드위치 따위를 먹고 있을 터였다. 함께 일하던 기존 직원들의 얼굴은 보이지 않았다. 오히려 좋았다. 직권에 따른 그들의 위선적임을 보는 것에 신물이 나던 참이었다. 그러나 솔이에게 무슨 일이 생긴 것인지 궁금했기에 어떻게 된 일이냐고 물었다. 새로운 직원들은 일제히 떠들기 시작했는데, 그 목소리가 얼마나 큰지 두 다리 건너 테이블에 앉아 있는 누군가도 다 들을 수 있을 지경이었다. 그러나 식당에 우리 말고는 아무도 없었다.

"하 상무님이랑 한바탕 했잖아요!"

브로콜리 하나를 입에 오물거리던 한 여직원이 손바닥을 탁 쳐대며 말했다. 나는 너무 놀라 그녀에게 두 사람이 몸을 부딪혀가며 싸운 것인지 물었다.

"밤에요."

그녀는 코에 주름을 잔뜩 만들어 보이며 눈을 찡긋 하고 감았다가 떴다. 그 행위에 일제히 "맞다! 내가 산 증인이올시다!" 하며 자랑스럽게 떠들어 댔다. 그들이 내게 보이는 행동이 그리 달갑지 않았기에 서둘러 식사를 마치고 곧장 옥상으로 향했다. 담배를 입에 하나 물고는 하늘을 바라보았다. 춥지는 않았지만 금방 이라도 눈이든 비든 무언가가 쏟아질 것만 같았다.

'불쌍한 아영 씨. 한 순간에 직장도 사람도 잃었네.' 직원들이 웃으며 하던 말을 떠올렸다. 동정하는 듯 말했지만 정말 그런지는 알 수 없었다. 나는 아영의 얼굴을 떠올렸다. 그것이 만일 사실이라 할지라도 그녀의 차가운 눈빛에서 눈물이 흐르는 것은 상상하기가 어려웠다. 사방을 두리번거리는데 아무것도 보이는 것이 없었다. 익숙한데, 불편했다. 솔이는 끝내 나타나지 않았다. 옥상에 있으면 한 번은 오리라 생각했는데, 그 생각은 보기 좋게 빗나갔다. 아쉽지는 않았다. 도리어 얼굴을 보면 무슨 말을 해야 할까 스스로도 모르던 참이었다. 상무는 오늘 병가라는 소식을 접한 것은 세 시 무렵이었다. 머릿속이 너무 복잡하던 찰나에 그의 부재는 기분 좋은 일이었다. 어쨌든 내가 이곳을 계속 다닐지는 조금 더 두고 볼 일이었다. 퇴근은 정확했다. 나 또한 여섯 시 정각에 밖으로 나왔다. 개운했지만 피로했다. 열지 말아야 할 무언가를 압력을 가해 열어버린 느낌이었다. 답답하고 불안했다. 밖에는 비가 내리고 있었고, 오랜만에 요리를 해먹을 작정이었다. 면을 삶는 순간 솔이가 우리 집 대문을 두드렸다.

"너, 무슨 일이야? 일단 들어와."

나는 그녀가 물속에서 방금 막 구출된 생쥐 꼴을 하고 있었기에 서둘러 집으로 안내했다.

"밖에 이렇게 비가 많이 오는데, 전화도 안 받고 뭐하고 있던 거야."

그녀는 더러 나를 쏘아보고는 한껏 목소리를 높였다. 그때마다 머릿속에서 누군가 북을 둥둥 하고 치는 듯 울려왔다.

"나 안 보고 싶었어?"

솔이가 물었다. 나는 적잖이 당황했지만 보고 싶었다고 대답했다. 사실이었다. 그러자 솔이는 배시시 미소를 지으며 그럴 줄 알았다고 했다. 이상한 기분들이 나를 감싸고 드는 탓에 다리에 힘이 풀렸는데, 그것이 그녀의 갑작스러운 등장이나 행동 때문만은 아니었다. 솔이는 콧노래를 부르며 옷을 벗어 던지고는 샤워실로 들어갔다. 검정색 실크 머리, 초록색으로 칠해진 손톱, 하얀색 원피스, 비 오는 날의 우리 집. 어딘가 익숙한 장면이 펼쳐지고 있었다. 이윽고 나는 말도 안 되는 한 가지의 생각을 떠올렸는데, 그것은 내가 과거의 장면 속에 들어왔다는 것이었다. 정확하게 그날의 나는 한 구석에는 영화를 틀어놓고 밀린 업무를 하고 있었다. 그렇기에 나는 이것이 꿈이거나 환상 속이거나 둘 중 하나라고 생각했다. 너무 깊게 생각하면 간혹 꿈속에 나온다는 말을 들은 적이 있기 때문이다. 그러한 내 마음이 모여 가장 행복했던 순간을 보여주는 것일 뿐이라고. 그렇게 짐작했다. 내 기억이 맞다면 그녀는 샤워실에서 나와 곧장 내 방으로 향할 것이다. 그러고는 수납장을 열어 자신이 일전에 두고 간 로션을 얼굴에 슥슥 펴 바르며 다가와 내게 말할 것이다.

"밥 먹었어?"

예상대로 그녀가 물었다. 나는 그 자리에 우두커니 서 있다 이제 먹을 것이라고 대답했다. 그녀는 오늘 너무 바빴기에 점심조차 제대로 먹지 못했다며 푸념을 늘어놓기 시작하였다. 그리고는 얼굴을 문지르며 다가와 등받이가 없는 하얀 의자에 앉았다. 그 다음 그녀가 내게 어떤 질문을 할지 안다.

"오빠, 나 얼마큼 사랑해?"

순간 나는, '사랑이라는 감정은 추상적이기 때문에 얼마큼 사랑하냐고 물으면 표현할 수 없다'고 대답하고 싶었지만 이내 말았다. 마치 결말을 알고 있는 영화 속에 들어와 내 멋대로 수정 작업을 하는 기분이었다. 꿈인 줄 알면서도 생생했다. 그러나 끝내 그녀의 말에는 대답하지 못했다.

"나 안 사랑해?"

솔이가 다시 한 번 물었다. 그러나 이번에는 질문이 아니었다. '나를 사랑하지 않는구나.'라는 말이었다. 이번에는 말없이 그녀에게 상처를 주었고, 같은 이유로 아팠을 것이다. 그리 생각하니 한숨이 새어 나왔다. 솔직하자면 나는 그녀를 그 어느 때보다 사랑하고 있었다. 다만, 그만큼 나의 욕심도 같이 커졌을 뿐이다. 그녀는 나를 이상하다는 듯이 바라보다 말했다.

"나 이번에 과장 진급하면 휴가 내서 같이 미국 갈까? 우리 부모님한테 인사도 할 겸."

그러자고 이야기할 수 있었지만 그러지 않았다. 처음 만났을 때의 설렘이 없는 게 아니라, 그녀를 만날수록 더 많은 것을 해내야 한다는 부담감 때문이었는지 몰랐다. 현실이 아닌 줄 알면서도 나는 그때와 같은 결론을 내려 말했다.

"안 가."

"왜? 가자! 우리 아빠가 오빠 진짜 보고 싶어 하신단 말이야."

"아직은 아니야. 준비가 안 됐어."

내가 말했다.

"그 준비는 도대체 언제 되는 건데?"

그 질문에는 예나 지금이나 대답할 수 없었다. 아버지 수술비를 위해 닥치는 대로 아르바이트를 해야 했던 날들을. 고졸 출신 머저리로 불리면서도 상사에게 고개를 조아려야 했던 순간을. 새로운 도전에 가슴 뛰기보다 통장 잔고를 걱정해야 했을 나 자신을 누군가에게 당당히 소개해야만 한다는 것은 정말 어려운 일이었다. 그렇게 내뱉은 나의 말은, 가장 날카롭게 그녀를 찔렀을 것이다.

"너를 사랑하지 않는 것 같아."

그때였다. 내 시야를 뚫고 무언가의 정체가 지나간 것이. 정신을 차렸을 때 나는 네모나고 푹신한 무언가에 앉아 있었다. 이윽고 나는 전무실에 들어와 있다는 사실을 눈치챘다. 조금 앳된 모습의 양 전무가 눈앞에 나타나자 자연스럽게 옷매무새를 가다듬었다.

"오진대 과장, 자네에 대해서는 익히 들어서 알고 있네. 자, 이쪽으로 앉지."

그것이 무엇이었는지는 생각할 틈도 없이 양 전무가 내게 인자한 미소를 지으며 다가와 말했다. 내 옆에는 팀장님이 서 계셨는데 그의 얼굴을 보자 강력한 무언가가 나를 휘감았다. 뭐랄까, 죄송스러움 혹은 그 이상의 어떤 감정 말이다. 눈물이 날 것 같았지만 그래도 되나 싶었다. 어쨌든 그것은 무척 불쾌하고 나른한 주말에 달갑지 않은 손님이 찾아왔을 때와 같은 감정이었다. 끝내 솔이의 얼굴은 바라보지 못했다. 오히려 다행이라 생각했다. 나약함이나 불안함 같은 부정적인 감정들은 숨길 수만 있다면 최선을 다해 감추었다. 비서로 보이는 여직원이 커피잔을 우리들 앞에 두기 위해 허리를 숙였다. 나는 그때 그녀의 얼굴을 처음 보았는데, 마르지는 않지만 제법 키가 컸고, 안경을 쓰고 있지 않았다. 그제야 나는 내가 아는 비서와는 다른 사람이라는 사실을 알아차렸다. 양 전무는 솔이에 대해서 직접적인 의견을 듣고 싶어 했다.

"내가 다니던 회사에서는 여직원의 진급을 그렇게 달가워하지 않았거든. 그런데 세상이 갑자기 변하고, 천하의 대통령님이 눈치를 보는 세상이니 원. 자 봐, 우리 오진대 대리가 산증인이잖나. 공평한 세상이 따로 없지."

비아냥거리고자 한 말은 아니었을 것이다. 그렇게 듣지 않으려고 했다. 누구라도 자신을 깎아내리거나 비난하면 기분이 좋을

리는 없지만 어색한 공기를 참아내는 것이 나에게는 더 큰 불안감으로 다가왔기에 고개를 끄덕였다. 그리고는 과찬이라며 미소를 지어 보일 뿐 안에서 들끓어 대는 어떠한 감정들은 철저히 무시했다. 나는 생각보다 그런 것에 괜찮은 재능이 있었다. 당시 솔이와 나는 둘 다 대리 직급이었고, 연차로 따지면 내가 우선이지만, 대학을 졸업하지 않았기 때문에 진급을 위해서는 1년을 더 채웠어야 했다.

"임 대리 부모님이 미국에 계신다며? 사업장도 크게 가지고 있다지? 장가가면 끝이네. 팔자 좋아, 오 대리."

양 전무가 말했다. 이번에는 비아냥거리는 것이 맞았다. 그러나 그에 대해 아무런 대답을 하지 않았다. 단지 그 말이 맞았기 때문만은 아니었다. 내 인생에 위기는 온 적이 없었고, 기회도 온 적이 없었다. 계속해서 그랬다. 내가 어딘가 오르기 위해서는 내 안에서 솟아나는 감정이나 생각 따위와는 반대로 해야 했기 때문이었다. 내가 말한 괜찮은 재능이란 이런 것을 의미한 것이기도 했다. 내가 그때 했던 생각은, 세상이 불공평하다는 사실은 누구나 안다. 그렇기에 우리는 세상을 공평하고 정의롭게 만들어주는 영웅 이야기를 좋아한다. 하지만 그 영웅이 나는 아니라는 것이었다. 그저 세상의 불공정 앞에 서 있는 오진대라는 이름을 가진 평범한 인간일 뿐이었다. 창문을 타고 햇볕이 비춰 들어왔다. 그러나 방 내부 전체를 비추기에는 역부족이었다. 대신 양 전무의 그림자만 기다랗게 늘어지고 있었을 뿐이었다. 마치 그의 그림자 안에 나를 집어 삼키기라고 할 듯 아주 길고 , 커다랗게.

"제가 어떻게 하면 됩니까?"

내가 물었다. 그들은 여전히 미소를 띠고 있었다. 어릴 적 내성적인 성격 때문에 사람의 눈치를 잘 볼 줄 안다는 것은 내가 가진 가장 큰 장점이었다. 그들의 얼굴을 보면 앞으로의 내 방향성도 같이 결정되고는 하였다. 양 전무가 내게 물었다.

"임솔이, 정말 과장 자리 오르게 둬도 되겠어?"

"안 될 이유는 무엇인가요?"

내가 다시 한 번 물었다.

"그건 당신이 제일 잘 알잖아. 오진대 대리. 우리는 자네 편이야. 원하는 걸 말해. 우리가 들어줄 수 있다니까."

기어코 그림자가 더욱 늘어져 나를 에워쌌다. 그 순간 나는 입을 열었다.

"제가 원하는 것은…."

나는 그날 무슨 대답을 하려고 했을까. 솔직히 알지만 모른다고 말할 것이다. 말을 채 끝내기도 전에 머릿속에서 주파수 비슷한 이상한 소리가 울려 퍼졌다. 눈살이 찌푸려졌고, 누군가 양옆에서 내 머리를 향해 주먹을 휘두르는 듯한 고통이 일었다. 나는 그 고통과 맞서 싸울 여력도 없이 그대로 쓰러졌다. 그것이 내가 겪은 기이한 이야기의 첫 번째 시발점이었다.

잠에서 처음 깨어났을 때의 순간을 말하자면 그것은 나를 무척 몽롱하고 몸이 늘어지게끔 만들었는데 뭐랄까, 개운함보다는 찝찝함이 더 오래 잔류했다. 매번 깨어났을 때의 증세는 가지각색이지만 그 당시 나는 좌측으로 몸을 돌린 채 오른팔은 뒤쪽으로 길게 뻗은 요상한 자세를 취하고 있었다. 그 탓일까. 어깨가 욱신거리고 팔이 저려왔다. 동시에 부끄러웠고, 울적했다. 내 몸에 나 있는 모든 구멍들을 통해 지저분한 잔여물이 한가득 베개 피를 물들였다. 더 최악은 나체의 상태로 웅크리고 있었다는 것이다. 아마 수치스러움을 느낀 이유는 그 탓이리라. 하아 낮은 신음소리가 온 방을 가득 메웠다. 얼굴에 남아 있는 잔여물들을 손바닥으로 거칠게 닦아내고서 크게 심호흡했다. 머릿속에서 벌레들이 웅웅 울어 대듯 하고 있던 탓에 한참을 그 자리에 누워 있어야 했다. 밖은 시끄러웠다. TV 소리 그리고 마당에서 잡초 뜯는 소리가 동시에 들려 왔다. 방문을 열고 나갔을 때 주방 가운데에 서 있는 엄마의 뒷모습이 보였다.

"배고프다. 오늘 저녁에 예찬이 초대할까? 엄마가 맛있는 것 해준다고 하면 바로 달려올 놈이잖아."

내가 말했다. 끊임없이 허기가 졌다. 뱃속에서 몇 번이고 천둥 비슷한 소리가 들렸고, 심지어는 위에서 신물이 쏟아져 나와 참을 수 없을 지경이었다. 예찬에게 통화를 시도하기 위해 휴대폰을 찾을 무렵 그녀가 말했다.

"무슨 뚱딴지같은 소리야. 방금 밥 먹었잖아."

"내가?"

"어머, 얘 좀 봐라. 두 그릇이나 먹어 놓고. 아직도 배가 고파? 대신 동태전 해줄게. 네 아버지랑 가서 먹어라. 그 사이에 진아 숙제 좀 도와주고."

엄마가 말했다.

"아버지? 진아?"

그 말을 듣고도 즉시 발끈을 하지 않았다. 엄마는 뒷모습을 보이며 계속해서 그릇들을 씻어 대고 있었다. 아무리 주변을 둘러

보아도 그녀의 입에서 나온 사람들의 모습은 내 눈에 보이지 않았다. '내가 미친 걸까. 아니면 그 반대일까.' 나는 생각했지만 그게 무엇이든 달라질 것은 없었다. 전자든 후자든 미친 사람 취급받는다는 것은 그리 즐거운 일이 아니다. 알 수 없는 목소리가 들려온 것도 그때였다.

"아 이런, 실수했군."

그때부터였던 것이다.

'그건 뭐였지?'

다시 눈을 떴을 때는, 전보다 더욱 정신이 또렷했다. 나는 여전히 방 안에 나체인 상태로 누워 있었고, 베개 피는 그대로 젖어 있었다. 뭐라고 해야 할까. 마치 방금까지 깨어 있던 사람 같았다. 숨이 차올라서 일정치 못하게 가슴이 들썩거렸다. 방 안이 너무 어두웠지만 일어나서 불을 켤 용기가 나지 않았기에 한동안 가만히 있었다. 알 수 없는 두려움이 방 안에 울려 퍼지는 시계 소리만큼이나 규칙적으로 찾아왔다. 무엇보다 가장 시급한 것은 담배를 무는 일이었다. 그다음 내가 어떤 일을 할 수 있는지는 중요하지 않다. 여차하면 도망을 쳐야 할지도 모른다고 생각하며 조심스럽게 외투를 걸쳤다. 고양이처럼 살그미 발걸음을 옮기는 일은 정말 힘들었다. 온 무게의 중심을 발가락에 실었어야 했는데, 그때마다 두 다리에 쥐가 날 것 같았고, 두 발을 평지에 대자니 삐걱 소리가 온 방 안에 울려 퍼지기를 반복했다. 방 문고리를 잡아끌자, 엄마의 모습이 보였다. 호두를 까며 알 수 없는 말들을 중얼거리고 있었는데 나와 눈이 마주치자 미소를 지어 보였다.

'꿈인가?'

등에서 식은땀이 한 방울 아니 어쩌면 홍수처럼 나고 있었는지도 모른다. 어쨌든 온몸에 퍼지는 긴장감에 침을 한 번 꼴깍 삼켰다.

"이제 가려고?"

엄마가 물었다.

"응."

"그러면 반찬들 좀 가지고 가. 서울에 맛있는 것이 더 많겠지만…."

그녀는 말을 끝내지 않고 힘겹게 일어나 주방으로 들어갔다. 굽어진 허리와 얼굴에 마구잡이로 자리 잡은 삶의 지도들은 영락없는 지금의 엄마 모습이었다. 거실로 나오자 바닥 곳곳에 호두

껍질이 여기저기 흩어져 있었다. 나무판자를 이용하여 통통 쳐내고 있었는지 손바닥만 한 판자가 옆에 가지런히 놓여 있었다. 그녀를 위해 망치를 찾아주기로 하고 잠시 방으로 들어왔다. 물이 자주 새기에 그런 장비 즈음은 어디 서랍을 열어도 나올 터였지만, 이내 생각을 바꾸었다. 그러고는 잡히는 대로 가방 안에 옷가지들을 넣었다. 금세 빨래를 해 두었는지 보송한 냄새가 배어 있었다.

'이게 아직 꿈이라면, 아니 꿈이 아니라 내가 진짜 미친 거라고 해도 망치는 주지 말자.'

그렇게 생각하던 찰나, 엄마는 커다란 보라색 보따리 하나를 들고 내게 다가와 말했다.

"그 버섯 무침이랑, 젓갈들이랑 담았으니까. 서울 가서 챙겨 먹어. 조심해서 가고. 도착해서 연락해."

'역시, 망치는 주지 않기를 잘했어.'라고 생각했다. 나는 버섯 무침을 좋아하지 않았다.

그녀에게 또 오겠다는 약속을 한 채 다급히 밖으로 나섰다. 최대한 멀리 달아나고 싶어 핸드폰을 들고서야, 이상한 점을 발견했다.

1월 3일 오후 9시 42분.

핸드폰에 시선을 집에 고정한 채 담배를 입에 물었다. 내 눈앞에 펼쳐졌던 일들이 환영이라든가, 꿈이라든가, 하는 것들은 중요하지 않았다. 그러나 5일이라는 시간이 흘러갔다는 것은 어떻게 생각해도 이상했다. 다급하게 택시를 불렀고, 그 안에 몸을 실은 채 기차 예매를 했다. 고속버스의 낭만보다는 기차의 빠름을 선택하는 것이 현명했다. 의식은 흐리멍텅하지만 기억은 또렷했다. 내게 무슨 일이 생긴 것인지 짐작을 해보기도 전에 또 다른 알 수 없는 무엇인가가 나타나 나를 마구잡이로 흔들어댔다. 그것은 무척 기분이 좋았지만, 한편으로는 나빴다. 가장 행복한 느낌을 주면서도, 가장 불행하게 만들기도 했다. 기차에 몸을 실은 내내 단 한 시도 눈을 감을 수 없었다. 잠에서 깨어난 지 몇 시간 되지 않은 탓도 있었지만 또 이상한 곳에 갇히게 될까 두려웠다. 조금만 더 직설적으로 이야기해도 된다면, 또 다시 어딘가에 갇히면 조만간 어떠한 연유로든 목숨을 잃을 수도 있겠다고 생각되자 눈을 감을 수 없었던 것이다. 내 인생의 마지막이 긴 터널을 지나는 기차 안이 될 수도 있다고 생각하면 오한이 일고, 숨이 바르르 떨려왔다.

'그런데 왜 하필 그 순간이었을까?'

이를 시작으로 많은 생각들이 길을 트고서 여러 갈래로 흩어져 갔지만 흘러간 지난 시간을 이해할 수가 없었다. 이 날짜, 그리고 이 시간이 정확하다면 내 인생의 5일은 지나갔고 내일은 출근을 해야 한다는 뜻이기도 했다. 집으로 돌아오자마자 식탁에 놓인 빵을 한꺼번에 입에 구겨 넣고서는 샤워실로 향했다. 그러고는 안 좋은 기운들을 털기 위한 심산으로 벅벅 비누칠을 해댔다. 그 행위를 반복하는 동안 손톱에 긁혀 몸에 작은 상처가 났지만 전혀 개의치 않았다. 몸살 기운이 남아 있었고, 이후는 내가 아는 모든 욕설을 내뱉으며 휴대폰만 바라보았다. 더 이상 배가 고프지 않았다.

다음 날, 예정대로 출근 준비를 했다. '오늘 시간', '오늘 날짜', '어제 날짜', '한 달 달력', '오늘 음력' 세상의 모든 검색창을 동원해 오늘을 부정해보려 했으나 모두가 같은 답을 알려줄 뿐이었다. 과학적 어플이라고 다르지 않았다. 생각이 깊어질수록 더 많은 벌레들이 머릿속에서 기어 다니는 것 같은 아주 소름 끼치는 느낌마저 들었다. 여전히 사람들은 웃음기 없는 얼굴로 하나같이 고개를 떨구고 있었는데, 그러다 나와 눈이라도 마주치면 팍 인상을 쓰며 바로 눈알을 반대 방향으로 굴렸다. 어젯밤에는 꿈을 꾸지 않았다. 정확하게 말하면 아예 잠을 자지 않았다. 밤새도록 할 수 있는 모든 것들을 통해 내가 경험한 바를 알아내고자 노력했다. 그때 내가 느낀 것은 그랬다. 아직 이곳이 현실 세계인지는 확신이 서지 않지만, 지금의 장면들이 현실과 더욱 가깝다고 말이다. 적어도 차갑고, 매서움이 가득 서린 지하철에서 만큼은 그랬다. 물론 아주 성과가 없었던 것은 아니다. 내가 알아낸 것들은 다음과 같다.

첫째, 사람들의 미소

둘째, 조각난 어느 한 장면

셋째, 나에게 아주 불행했거나, 아주 행복했던 기억의 반복

어디까지나 가설이었고 그 외에도 해결하지 못한 문제들도 많이 있었다. 우선, 어디서부터 어디까지가 현실이고 가짜였는지 구분이 되지 않는다는 점이다. 장소는 나에게 가장 익숙한 곳이었고, 일부는 웃었으며 일부는 웃지 않았다. 일부는 나에게 다정했으며 일부는 나에게 그러지 않았다. 그 말은 즉, 내가 있었던 현실 세계와 무엇이 다른지 그 차이점을 구분하지 못했다는 것이기도 했다. 더구나 가장 거슬렸던 그 정체불명의 목소리. 그것은

마치 여성처럼 가냘픈 울림이 있으면서도, 남성처럼 낮고 다소 어두웠다. 마치 지독한 독감에 걸린 누군가처럼 쇳소리 비슷한 무언가도 함께 섞여 있었다. 자리에 착석하기 전 팀장 자리에 앉아 있는 솔이가 보였다. 푸른색 셔츠를 입고 있었고, 붉은색 립스틱을 바르고 있었다. 그녀는 나와 눈을 한 번 마주치더니 다시 컴퓨터로 시선을 잽싸게 돌렸다. 그때, 아영이 내 자리 옆에 세워진 판넬을 툭툭 치며 다가와 말했다.

"되게 오랜만이네요. 과장님."

"네. 저기 아영 씨, 별일 없으시지요?"

나의 물음에 아영은 어색한 미소를 지어 보이며, "네." 하고 짧게 대답했다.

"그건, 진짜 미소입니까?"

내가 물었다. 그녀는 당황한 듯 눈을 연속으로 세 번 깜빡였다. 얼굴이나 행동에서는 다른 점을 발견하지는 못했지만 여전히 의심해볼 여지는 있었다. 담담한 표정을 유지하며 입을 오므리는 것은 그녀가 가진 작은 습관인 것일까 궁금했다.

"글쎄요? 제가 미소를 짓는데 특별한 이유를 생각해본 적은 없어서요. 유감이네요. 좋은 답변이 못 되어 드린 것 같아서."

나는 재빨리 "그런 것 아닙니다!" 하고 대답했다. 주변 사람들이 수군거리지는 않았다. 내 말은, 입으로는 하지 않았다는 것이다. 여기저기서 규칙적으로 타이핑 소리가 들려 왔고, 차라리 지금이 꿈이었으면 좋겠다고 생각하였다가 아니지! 하며 스스로를 타일렀다.

"아영, 내 회의록 혹시… 엇, 오진대 과장! 언제 왔어요? 휴가는 잘 다녀왔나요? 내가 밖에 안 나왔으면 출근하신 줄도 몰랐겠어요."

푸른 빛이 감도는 핏을 잡아주는 바지와 아이보리색 셔츠를 입은 태수가 보였다. 여전히 탄탄한 몸매와 시원한 이목구비를 자랑하고 있었다. 나는 침을 한 번 꼴깍 삼키고는 다음 말을 생각해냈다. 그는 미소를 띠며 다가왔고 나는 본능적으로 자리에서 일어나 고개를 숙였다. 습성 정도쯤으로 해두자. 그 사이에 아영이 도망치듯 다급히 자신의 자리로 돌아가는 것을 보았고, 그런 내 시선을 태수가 따라 쫓았다.

"내가 말을 하잖아요. 오진대 과장."

"네. 죄송합니다."

나는 내가 보인 경솔함에 사과했다. 태수의 입꼬리는 연일 하늘을 향해 있었지만 종종 미간을 찌푸리는 탓에 기분이 좋은 상태인지 화가 난 상태인지 가늠하기가 어려웠다. 그는 나의 어깨에 투욱 하고 손을 얹으며 자신의 방에서 커피를 한잔하자고 했는데, 이것이 만일 꿈이라면 나는 어떻게 행동했을지를 머릿속에서 재생시켜 보았다. 그러나 그럴수록 나의 혼란스러움은 가중되어만 갔다. 그 사이 그가 얼굴을 한층 더 내 쪽으로 들이밀며 주위를 살피기 시작했다. 그때 퍼지는 그의 향기 때문에 구역질이 나올 것 같아, 그를 밀치고 서둘러 화장실로 향했다. 내부에는 아무도 없었다. 쓰레기봉투를 부스럭 거리며 누군가 주위를 맴돌았지만 신경 쓰지 않았다. 한참 있다 자리로 돌아왔을 때 솔이가 나를 불렀다. 우리는 나란히 걷지 않았다. 그녀가 먼저 앞장섰고, 나는 고개를 숙인 채 그 뒤를 따랐다. 앞으로도 당당히 그 옆에 서지 못할 수도 있다는 생각은 나를 조금 우울하게 만들었다.
회의실의 공기는 유난히 차가웠다. 사무실에는 난방과 사람의 온기, 컴퓨터가 내뿜는 엄청난 열기들이 공존하지만 회의실은 그렇지 않았다. 무언가를 설명하기 위한 보드판과 빔 프로젝터, 그리고 기다린 테이블과 의자가 전부였다. 그 탓일까. 조명은 바깥보다 조금 더 어둡게 보이기까지 했다. 그러한 생각을 깨뜨린 것은 솔이의 앙칼진 목소리였다.

"왜 그래? 갑자기 휴가 내고 홀연히 사라진 것으로는 부족한 거야?"

냉정하고, 단호했다.

"무슨 말을 말을 듣고 싶은 거야?"

내가 물었다.

"팀장 자리, 누구보다 간절했던 것도 알아. 일이 이렇게 된 건 정말 유감이야. 그래서 휴가도 허락했어. 자그마치 10일이야. 지금까지 유례없던 긴 휴가지. 직원들의 불만 같은 건 아무래도 좋아. 나한테 문자 보낸 것까지도 좋은데, 방금 하 상무님께는…."

나는 재빨리 그녀의 말을 가로챘다.

"내가 너한테 문자를 보냈어? 핸드폰 줘봐! 지금, 당장!"

그렇게 말하고는 손을 뻗자 그녀가 뒤로 물러났다. 힐을 신고 있던 탓에 중심을 잡기 어려운 듯 비틀거렸고, 이윽고 구석에 세워져 있던 의자 더미 사이로 미끄러지듯 넘어졌다. 그 틈에 바닥에 내동댕이쳐진 핸드폰이 내 눈에 들어왔다. 나는 그녀가 걱정되었기에 잠시 주춤하다 핸드폰으로 먼저 손을 뻗었다. 잠금장치가 되어 있는 것을 확인하고는 답답함에 한숨을 쉬며 말했다.

"비밀번호. 빨리! 비밀번호 뭐냐고!"

나의 고함의 회의실 밖을 지나던 몇몇 사람들이 눈짓을 하는 것이 보였다. 그러나 밖에서는 내가 혼자 떠드는 모습으로 밖에 안 보일 것이었다. 주저앉은 솔이까지 볼 수 있을 만큼 창문이 크지 않았다. 밖에 있는 저들에게 나는 그저 휴가 다녀오고 미쳐 버린 남자에 불과했다. 그리고 그런 것 따위는 아무래도 좋았다. 결국 내가 알고자 하는 것들은 내 손에 들린 이 작은 물체에 담겨 있었다는 것이 중요했을 뿐이다. 나는 솔이를 가만히 내려다보았다. 고통이 큰지 계속해서 허리를 문지르고 있었다. 내가 다가가자 눈을 치켜세우며 쳐다보았는데, 이전에 보던 것과는 달리 두려움이 얽혀 있었다.

"비밀번호."

"왜 그러는 건데?"

솔이가 한껏 떨리는 목소리로 말했다. 머리카락 일부가 솔이의 얼굴을 감싸고 있었다.

"비밀번호."

내가 한 번 더 말했다. 그러자 그녀는 어이없다는 듯 짜증스럽게 머리카락을 치우며 자신이 직접 잠금장치를 풀어주겠다고 하였다. 나는 잠시 망설이다 그녀에게 핸드폰을 건넸고, 그녀는 내게 진실했다. 천천히 문자를 읽어 내려갔다. 대부분은 아주 후회를 하고 있다는 등의 내용을 담고 있었는데, 그 무엇 하나 반박할 수는 없는 것들이었다. 대개는 이런 식이었다. 너는 잘난 모든 것들을 가졌으니, 회사에서 주는 직급 하나 정도는 없어도 되지 않느냐, 그런데 그 자리를 갖겠다고 한 이유가 무엇이지 궁금해 하는 내용과 더불어. 어떤 날에는 네가 보고 싶고 내가 아주 후회를 많이 하고 있다는 식으로 보낸 흔적도 있었다. 정신병자가 있다면 그것을 필시 나를 가리키는 말이 아닐까 생각했다. 문자의 내용만 보자면 확실히 그러했다. 그리고 그에 대한 답장은 없었고, 보낸 기록만 남아 있을 뿐이었다.

"말도 안 돼."라고 내뱉으며 곧장 나의 핸드폰도 확인했고, 동일하게 같은 문자가 찍혀 있었다. 식은땀이 흐르고 머리가 아파오는 통에 제대로 된 사고를 할 수가 없었다. 평정심을 유지하는 것은 고사하고 내가 정말 아주 미친 것은 아닌가 혼란스럽던 참이었다. 그것은 무척 괴로운 일이었다. 테이블에 힘없이 몸을 걸친 채 말했다.

"솔이야, 잘 들어. 이건 내가 한 게 아니야. 내가 한 짓일 수도 있는데, 나는 아니야! 맹세해."

풀이 죽은 것은 아니지만 나는 확실히 떨고 있었다. 갈 곳을 잃은 손을 올려놓은 테이블은 자신의 온몸으로 나를 느꼈을지도 모르다. 이미 회의실 밖에는 많은 사람들이 몰려 있었다. 솔이는 엉덩이를 툭툭 털며 자리에서 일어섰다. 발이 불편한지 힐을 벗어 던졌는데, 그 탓에 나를 조금 올려다보아야 했다. 그녀의 눈동자가 떨리고 있었다. 아니 어쩌면 나의 모습이 비친 것일지도 모르겠다. 한참을 잠자코 있던 솔이가 입을 뗐다.

"일이 이렇게 된 건 다 네가 자초한 일이지 내 탓이 아니야. 네가 정말로 갖지 못한 건, 직위도, 사랑도, 명예도 아니라. 그냥 네 정신머리야."

라고 하며 진지하게 병원을 가보라는 말을 남긴 채 회의실 밖으로 나갔다. 모두가 같은 생각을 하는 듯 나를 바라보았다. 회사에서는 이번 일에 대해 나에게 적지 않게 실망했다며 징계를 위한 개별 면담을 진행했다. 그들은 내가 회사에서 보낸 시간들을 고려해 정신적 상담을 지원해주기로 했고, 필요하다면 조금 더 쉬고 올 수 있도록 조치를 해주겠다고 했다. 월급은 나오지 않았지만 말이다. 징계를 받으면서 월급을 바라지는 않지만 그것이 정말 나를 위한 것인지는 의문이었다. 그들은 나에게 더 나아진 모습만 보인다면 다시 복귀해도 좋다고 했다. 단, 기존에 몸을 담그고 있던 운영팀의 과장으로서가 아닌 직원 관리부를 약속했다. 그리고 나는 그게 무슨 의미인지 잘 알고 있었다.

일곱 시 경, 집에서 아주 멀리 떨어진 곳에 있는 병원을 찾았다. 이유는 모르겠으나, 꼭 그래야만 할 것 같은 기분이 들었다. 발길 한 번 닿아본 적이 없는 그런 동네에서, 나를 모르는 누군가를 만나야만 직성이 풀릴 지경이었다. 회사에 있는 동안 모두가 나를 죄수 취급을 했고, 하나 같이 손가락질하거나 심심치 않게 육두문자가 들려오기도 하였다. 차라리 이게 거짓된 세상이라면 좋겠다고 생각했다. 내가 미친 게 아니라, 단지 이 세상이 잘못되었고 이건 그저 꿈일 뿐이라고 누가 말해주기를 바랐다. 눈을 뜨면 다시 엄마의 집이고, 예찬을 만나 술을 마시며 오랜만에 바닷가에서 낚시하는 상상을 하니 미소가 절로 띠어졌다. 하루 종일 일이 손에 잡히지 않았다. 아니 정확하게는 일이 없었다. 나에게 알려 달라고 하는 후배 한 명이 없었고, 밥을 함께 먹고자 하는 이가 없어 편의점에서 네모난 오뎅바 하나를 우걱우걱 삼키며 핸드폰을 바라본 것. 이것이 오늘 하루 일과의 전부였다. 회사에서 나는 미치광이였는데, 과연 정상인이었던 적이 있기는 할까. 이런 생각을 하다 보니 어느 새 병원 앞에 도착했다. 회색빛일 줄 알았던 병원 내부는 생각보다 깔끔했다. 곧장 3층 접수대로 향해 안내를 기다렸다. 5명 정도가 되는 사람들이 등받이가 없는 초록색 의자에 걸터앉아 있었다. 하나 같이 고개를 아래로 떨구고 있거나 허공을 응시하고 있었다. 저들에게서 어떠한 사연도 읽어낼 수 없었다. 내가 보기에는 그저 지하철에서 보던 평범한 사람들에 지나지 않았기 때문이다. 그 중 20대로 보이는 한 여자가 보였다. 머리는 금색으로 칠하고 입술은 새빨갛게 칠하고서는 손거울을 꺼내 기다리는 내내 자신의 얼굴과 머리를 만지작거렸다. 그 모습을 보고 있자니, 진아 생각이 났다.

"오진대 님. 이쪽으로 오실게요."

검은색 카디건을 걸치고 있던 여직원이 나를 부른 것도 그때였다. 복도를 걸으며 몇몇 의사들과 마주쳤다. 저들은 나를 어떻게 볼까. 병명을 판단하는 기준은 도대체 무엇일까 하는 이상한 궁금증이 생길 무렵, 여직원이 8이라고 써진 문 앞에서 걸음을 멈추었다. 그녀는 "노크까지 해드릴까요?"라고 물었고, 나는 "괜찮습니다!" 하고 빠르게 대답했다. 그 말에 진료 끝나면 접수처로 다시 와 달라는 말만 남기고 홀연히 사라졌다. 검은색 문 앞에서 잠시 머뭇거렸는데, 들어가면 무시무시한 것이 기다리고 있을 것 같은 불안감이 나를 휘감았기 때문이었다. 그제야 '노크'의 참된 의미를 알 것도 같았다.

"오진대 님. 상담은 45분 간 진행이 되는데, 왜 이렇게 늦게 오셨어요?"

하얀 가운을 입고 있던 여자가 나를 마주하고 처음 건넨 말이었다. 키는 무척 작았고, 머리는 하나로 묶고 있었다. 창밖으로 어둠이 깔려 있는 것이 보였고, 그 사이 음료를 마시고 계셨는지 하얀색 머그컵 안에 오렌지 주스로 보이는 액체가 남아 있는 것이 눈에 띄었다. 상담 분위기는 그렇게 무겁다거나 초라하지 않았다, 모르는 사람에게 이야기를 털어놓는 것은 마치 벽에게 말을 하는 것 같은 알 수 없는 위안을 주었다. 그래서였을까. 남은 30분이라는 상담 시간을 통해, 그간 벌어졌던 모든 일들을 털어놓았다.

"오늘 회사를 갔는데, 모두가 저를 이상하다고 손가락질 하던니다. 그랬겠죠. 지금 제 행동이 정상은 아니란 것은 압니다. 하지만 이게 정말 꿈일 수도 있겠다는 의심이 합리적이라고 생각하지는 않으세요?"

내가 물었다. 서울로 돌아와 말을 가장 많이 한 사람이 생전 얼굴 한 번 본적도 없는 정신과 의사가 될 줄은 꿈에도 몰랐다. 나는 그녀를 선생님이라고 불렀다. 선생님은 눈가가 처지고 이마에 주름길이 세 개 나 있던 탓에 매섭다기보다는 오히려 정이 가는 얼굴이었다. 마치 도자기를 빚어 원하는 표정을 집어넣고 쓰고 있는 듯해 보였다. 뭐랄까, 고개를 끄덕이며 '상대방이 원하는 얼굴은 이거다!' 하고 보여주는 것 같다고나 할까. 그 눈가와 이마에 패어진 주름들은 환자들에게 수없이 보여주어야 했던 미소와 근심들에 대한 삶의 기록이 되어 주는 듯했다. 그녀는 등을 의자에 살짝 기대며 펜을 딸깍! 하고는 계속해서 무언가를 받아 적어 내려가고 있었다. 단순히 나의 짧은 이야기를 듣고서 내 병명을 파악하고 있다는 것에 놀라지 않을 수 없었다. 그녀는 내게

"잠깐 들렸다던 목소리는 얼마나 자주 들리세요?"

"그런 증상을 보이기 시작하신 지는 얼마나 되셨죠?"

"잠은 잘 주무세요?"

"최근에 어떤 사고를 당했다거나, 큰 스트레스가 있었나요?"

등과 같은 질문들을 퍼부어 댔다. 그것들은 굉장히 원초적이고 정직한 질문들이었다. 그에 대해 내가 내놓은 답변들은 모조리

모호하고, 뚝딱거리는 것들뿐이었다.

"잠을 잘 잤다고 해야 하나요? 순식간에 5일이 지나 있었어요. 아니. 지금도 환영 혹은 환상, 흔히들 말하는 그런 용어 따위의 것들 중 지금 제가 어디에 있는 건지도 모르겠어요. 어쩌면 저는 아직도 잠을 자는 중인지도 모르죠."

"그럼 진대 님은 지금 이 상황도 거짓이라고 생각되시나요?"

선생님이 물었다. 나는 잠시 망설이다 말했다.

"모르겠어요. 아니라는 법이 없잖아요. 그 이상한 것으로부터 벗어났을 때 저는 팔을 꺾고, 엄청난 두통에 시달리고 있었어요. 모든 사람들이 저를 향해 웃고 있었고, 다정했죠. 선생님이 지금 저에게 그러는 것처럼요. 솔직히 저는 지금 이곳이 현실이 아니었으면 좋겠어요. 선택할 수 있다면요. 차라리 꿈이라면, 좋겠어요. 정말로."

그녀는 흐음 하는 한숨만 몇 번 내뱉을 뿐 그 이상의 어떤 말도 없이 사각 종이에 무언가를 적어가고 있었다. 한참 있다 그녀가 자세를 바꾸어 내 얼굴을 똑바로 응시한 채 물었다.

"현실은 내가 상상하는 대로 이루어진다는 말이 있어요. 정말 간절히 원한 무언가가 눈앞에 펼쳐지는 일은 생각보다 흔하죠.

진대 님의 경우 과도한 업무 스트레스와 피로 누적이 겹친 상태에서 심리적 압박이 굉장히 컸던 것으로 보여요. 그 모든 것들이 편안한 장소에서 좋아하는 사람들을 보고 긴장이 온전히 풀린 거죠. 그러면 무슨 일이 벌어지는 줄 아세요? 아주 편안하고 긴 잠을 자게 되요. 여자친구분께 보낸 문자 메시지만 해도 그렇죠. 그건 진대 님이 하신 게 맞아요. 그게 아니라면 누구겠어요? 무의식적으로 행동하는 것이었을 뿐입니다. 무의식이 가진 힘은 강하죠…."

그녀는 상담이 끝나가는 마지막 순간까지 무의식에 대한 것들을 들먹거리며 자신이 진단한 결과를 말해주었는데, 결론적으로 원인은 과도한 업무 스트레스로 인한 신체적, 심리적 변화가 있었을 뿐이라는 것이다. 그러고는 심리적으로 불안하거나 같은 꿈을 꾸었을 경우 복용하면 좋을 것이라는 작은 약 알갱이들을 처방해주었다. 수납처로 다시 왔을 때 수시로 자신의 얼굴을 확인하던 여자의 모습은 보이지 않았다. 나는 선생님의 말을 믿기로 했다. 결국 지금은 현실이 맞고 그 모든 것들은 나의 불안에서부터 나왔다고 결론지었다. 뾰족한 방도가 없었지만 그녀의 말은 확실히 신뢰할 만하다고 생각했다. 내 말을 들어주고 도와주는 이가 있다는 것은 정말 다행스러운 일이 아닐 수 없었다. 집에 가는 길 서점에서 책 두 권을 사서 집으로 향했다. 심신 안정을 위해 족욕을 한 뒤 와인 한잔을 마시며 가장 좋아하는 음식을 먹었다. 내게는 그것이 라면이었다. 이러한 것들은 많은 이들이 언급하는 심신 안정을 위한 방법이었다. 오늘 밤에는 새로운 인생을 살게 되었다는 여러 사람들의 경험담을 들여다볼 작정이었다. 한동안 먹지 못해 살이 빠졌다. 까슬거리다 못해 덥수룩하다는 느낌마저 주는 수염을 밀어버리고서 욕조에 몸을 담갔다. 몽글몽글 피어나는 뜨거운 연기들이 하늘 위로 솟아올랐다. 몸을 조금 뒤척일 때마다 흔들리는 물결을 바라보며 왜 진즉에 이런 것들을 누리며 살지 않았을까. 몸에 힘을 빼고 그날은 아주 일찍 잠에 들었다.

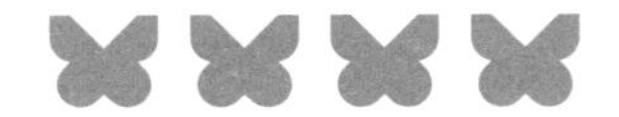

다음 날 회사로 출근하자마자 태수의 얼굴이 눈에 띄었다. 그에게 가볍게 목례를 하자, 나를 향해 다가오며 물었다.

"우리 잠깐 얘기 좀 할까요?"

우리는 상무실이나 회의실이 아닌 밖으로 향했다. 구름이 많지는 않았지만 커다란 놈들 몇몇이 햇빛을 가리고 있었다. 바람이 불지 않아 한기가 들지는 않았다. 해가 있었더라면 더 따뜻할 것은 분명했지만 말이다. 작년에 비해 이상하리만큼 춥지 않은 겨울에 사람들의 옷차림도 한결 가벼웠다. 며칠째 안고 있던 오한도 사라지고 없었다. 어제 시도한 방법들과 처방 받은 약의 덕으로 공을 돌렸다. 그날 이후 날짜를 확인하는 것이 습관이 되었다. 나는 주머니에 손을 뻗어서야 핸드폰을 사무실에 두고 온 것이 뒤늦게 생각났다.

"징계 위원회 문제인 겁니까?"

내가 물었다. 그들은 심적으로 어느 정도 안정이 되면 사무실로 복귀를 해도 좋다고 말했고, 생각보다 별일이 아니었다는 것을 보여주고 싶었다. 솔이의 얼굴을 보는 것은 불편하지만 그래도 나는 지금 하는 일이 좋았기 때문이다.

"그게 무슨 말이죠?"

태수가 역으로 나에게 물었다.

"아, 모르셨나 봅니다. 어제 사내 징계 위원회 팀장님과 개별 면담 진행했습니다. 제가 너무 간절히 원했던 자리다 보니 상실감이 커서…."

"전 애인이라고 들었습니다. 임솔이 팀장"

태수는 나의 말을 싹둑 자르고서 물었다. 고개를 끄덕임으로써 동의의 표시를 보였지만 그 외 어떠한 행동도 할 수가 없었다. 주변에는 나를 지켜보는 귀와 눈이 너무 많았다. 태수는 나를 흘깃

보더니 자신의 왼쪽 손목시계를 만지작거렸다. 그러고는 목을 왼쪽 오른쪽 휘휘 돌리며 가벼이 스트레칭을 했는데 그 행위에 나의 어깨가 축 늘어지는 듯했다. 예나 지금이나 그는 나의 많은 것들을 쥐고 있었다. 그것을 흔들어 나를 무너지게 할 수도, 혹은 던져버려서 나를 파멸에 이르게 할 수도 있는 존재였다.

"이제 회사 밖이니까, 나는 말 편하게 할게, 오진대."

그가 말했다. 나는 '응' 혹은 '네' 그 중간 어딘가에서 대답을 얼버무렸다. 그는 나에게 상사이자 이 죽을 듯한 고통의 가해자였기 때문에 그의 심기를 건드릴 이유가 내게는 조금도 존재하지 않았다. 어째서 가해자는 이렇게 당당히 살아가는 것일까.

태수와 나는 고등학교 때 처음 만났다. 그날은 봄의 향기가 그득히 퍼지고 있었고, 1교시 수학 시간을 앞두기 직전이었다. 학급 친구들은 조회 시간에도 봤던 담임의 인상진 얼굴을 다시 보는 것이 싫다는 불만을 토로하고 있었다. 그날 오전 담임은 우리가 다른 반보다 성적 면에서 뒤처지고 있다며 버럭 화를 내었기 때문이다. 학생들은 선생님의 싫은 소리보다 마주해야 하는 그 분위기가 더 싫었던 것이다. 자신의 하루가 선생님에 의해 결정된다는 것은 매우 숨 막히는 일이었다. 그것은 나도 마찬가지였다. 드디어 교실 문이 열리더니 네모난 안경에 짧은 까까머리를 한 남자 선생이 얼굴을 내비쳤다. 이십 분 전에 보았을 때보다는 얼굴의 붉은 기가 많이 내려간 상태였다. 그는 흠흠하며 목을 가다듬더니 탁상 앞에 서서 가만히 우리를 지켜보았다. 한 남자의 그림자가 문 밖에서 서성거리고 있는 것이 보였다. 아이들은 선생보다 그 커다란 물체에 더욱 집중을 하는 듯 웅성거림이 점점 커지고 있었다.

"자, 오늘은 전학생이 있다. 다들 괴롭히지 말고, 잘 해줘야 한다. 들어와라."

그렇게 말하며 담임은 문 쪽을 향해 한 번의 손짓을 했고, 그 신호에 맞춰 그가 모습을 드러냈다. 커다란 덩치에 꽉 끼는 교복 바지(어쩌면 그것은 교복의 문제가 아니었을지도 모른다고 생각했다.) 비춰 들어오는 햇빛에 찰랑거리는 빽빽한 검정색 머리. 다소 까무잡잡한 피부와 어깨에 아무렇게나 걸쳐진 듯 보이는 작은 가방. 마치 엄마가 볼 법한 미용실 잡지에 나올 것 같은 비주얼을 가지고 있었다. 내가 본 그의 첫인상은 그러했다. 마냥 잘생겼다는 느낌보다는 다가가기 어려운, 마치 얼음 덩어리를 박아 놓은 듯한 눈매가 유난히 눈에 띄었다. 아이들은 어느 순간부터 웅성거림을 멈추었다. 담임은 다시 한 번 목을 가다듬고서 말했다.

"인사해라. 오늘부터 우리 학교에서 같이 수업하게 될 친구다. 직접 자기소개 해보자."

"하태수입니다."

그가 고개를 약간 숙이며 인사했다. 굉장히 번듯한 어른의 느낌이 풍겼다.

"취미나 이런 것도 좀 얘기해보지 그러냐?"

"꼭 해야 합니까? 모두가 저의 취미를 듣기 위해 시간을 허비하고 싶지 않을 텐데요."

태수의 발언은 꽤나 충격적이었다. 모두가 일제히 눈을 동그랗게 뜨며 엄청난 놈이 등장했다고 소리 없이 말했다. 나는 침을 꼴깍 삼켰다. 주위가 어찌나 조용하던지 열려 있던 창문을 통해 바람이 휘잉 하고 들어오는 소리가 적나라하게 들려왔다. 그것은 적당히 산뜻했고, 적당히 맑았으며, 적당히 따뜻했다. 무엇 하나 좋지도 나쁘지도 않고 딱 좋았다. 그리고 나는 그가 굉장히 괜찮은 사람이라고 생각하지 않았다. 나쁘다고 생각한 것은 아니었으나, 나와는 맞지 않을 것 같다고 느낀 것은 사실이었다. 담임은 당황해하며 다소 기분 나쁘다는 어투로 하기 싫으면 하지 말라고 했다. 그리고는 내 옆자리로 가라고 지시했다. 드라마나 영화를 보면 꼭 싫어하는 사람끼리 짝꿍을 시키는 에피소드가 나온다. 대개는 그들이 서로를 도와주고 미운 정 고운 정 공유하며 결국에는 해피엔딩으로 끝난다. 하지만 나의 경우는 많이 달랐다. 그는 나에게 눈길조차 주지 않았으며 그의 팔이 몇 번이고 내 책상을 치기 일쑤였다. 그러나 그 상황에서 무어라 하지는 않았다. 그가 미안함을 느꼈다면 먼저 사과했을 터였다. 물론 태수가 먼저 말을 걸기도 하였다. 그것은 극히 드문 상황으로 내가 필요할 때만 요청하는 경우였다.

"자, 그럼 수업 시작하자. 진대는 태수에게 책 좀 보여주고."

담임의 말에 고개를 끄덕이고는 교과서를 살짝 옆으로 밀었다. 그는 나와 교과서를 힐끗 바라보고서 "허" 하는 탄식을 내뱉더니 팔을 괴었다.

"필요 없어."

그가 볼펜을 딸깍거리며 읊조렸다. 목소리에는 칼날이라도 심은 듯 매섭고 날카로웠다. 기분이 나쁘지는 않았지만 가슴이 두근거렸다. 무언가 대단한 실수라도 저지른 사람처럼 고개를 숙인 채 나열된 숫자들에만 집중했다. 곧이어 높고 고운 목소리가 들려온 것도 그때였다.

"태수라고 했나? 이제 곧 있으면 중간고사다."

그러면서 말하길 담임이 생긴 것은 고상하지 못하여도 사랑꾼이라고 했다. 태수가 관심을 보이자 그녀는 '교과서 사랑꾼'이라고 정정하며 교육 방식에 노하우 따위는 없고, 성적을 잘 받으려면 무조건 교과서만 봐야 된다고 일러주었다.

"아 그래? 알았어. 친절하게 알려줘서 고마워. 그런데 네 이름은 뭐야?"

"은지. 박은지."

그렇게 말하며 은지는 빙그레 웃어 보였다. 살짝 빠져나와 있는 뻐드렁니 하나가 신경 쓰인다며 작년 겨울부터 교정기를 착용하고 있었는데 매일 입을 가리며 말을 하는 행동 때문에 발음이며 소리가 많이 뭉개져 들려왔다. 그 탓에 이야기를 듣기 위해서는 몸을 살짝 굽히고 주의를 기울일 필요가 있었다. 은지와 나는 중학생 때부터 알았지만 서로 말을 섞지는 않는다. 정확하게는 나는 학우 대다수와 말을 섞지 않았다. 발표 수업이 있어도 매일 나 혼자 했고, 오히려 혼자서도 잘했다며 가산점을 받고는 하였으니 나로서는 잃을 것이 전혀 없는 게임이었다. '원래 위대한 이들은 모두 혼자라는 사실에 슬퍼하지 않으니까.'라고 생각하며 스스로를 달래고는 하였다. 예찬이 그리웠다. 나는 그들 쪽을 잠시 바라보다 이내 다시 고개를 숙였다. 죄를 지은 것은 없지만 대화 내용을 엿들었다는 것에 대해 기분 나쁘다고 한다면 내 입장에서 할 말은 없었다.

"책 좀 보여줄래?"

태수가 물었다. 방금 전 은지에게 보였던 온화함 비슷한 말투는 사라지고 냉담히 말했다. 아니 정확하게 말하면 강요처럼 들렸다. 나는 그의 눈을 마주치지 못한 채 다시 한 번 책만 슬쩍 내밀었다. 그 순간 태수는 자신 쪽으로 교과서를 완전히 잡아 당겼다. 어엇 하는 소리를 내자 담임은 나를 꾸짖었다. 학급 분위기를 흐리지 말라는 것이었는데, 나의 이 작은 소음이 학업에 영향을 준다면 그것은 이 사회의 탓일 것이리라 생각했다. 마치 교도소에 가둬 조금 예쁜 체크무늬 죄수복을 입혀놓고서 담임은 교과서를 더 잘 외우는 우수자에게는 이곳을 빨리 탈출하게 해주겠다고 말하는 교도관이나 다름이 없었다. 대학을 가지 않겠다고 다짐한 이유도 바로 이것이었고 말이다. 태수는 다시 한 번 턱을 괴고 내 쪽을 보며 말했다.

"걱정 마. 교과서 새 것 오면 줄게."

라고 말하며 교과서를 사라락 펼쳐보았다. 이미 새 책이었지만 그의 태도는 정말 괘씸했다.

그러나 생각을 이야기하지는 않았다. 너무 속 좁아 보일까 걱정이 되었기 때문이다. 대신에 새 책은 필요가 없지만 오늘은 그 책을 보아도 괜찮다고 대답했다. 그러자 그는 책을 넘기던 행위를 멈춘 채 고개를 돌려 다소 놀란 듯 물었다.

"표준어?"

"응. 서울 살다 왔거든."

"그럼 서울 살다 온 네가 말해봐. 여기 서울 출신 또 누구야?"

그 순간 나는 담임이 당부했던 말을 지키지 못하리란 것을 알았다. 나는 골똘히 생각하다 나 말고는 없다고 대답했다. 그도 서울에서 살다 온 듯 여기에 있는 그 누구보다도 서울말을 잘했으며 어쩌면 줄임말과 비속어 등이나 사용하는 우리들과는 다르게 정직하게 배웠다고 할 수도 있었다. 그의 말에 나는 무어라 대답해야 할지 한참을 생각해야만 했는데 그는 나의 표정에서 이미 대답이 되었다며 구태여 말을 할 필요가 없다고 했다. 그가 어디에서 온 누구인지 알 수가 없었지만 확실히 기분이 나빴다. 쉬는 시간이 되자 일제히 아이들이 우리가 있는 쪽으로 몰려들었다. 정확하게는, 태수의 자리로 몰려들었다. 그러고는 질문 세례를 퍼부어 댔는데, 대개는 여자아이들이었다. 수업 시간마다 거울을 꺼내 들며 머리를 매 만지는 것을 보고서 이런 상황 즈음은 짐작했는지도 모른다. 그러나 나를 놀라게 했던 것은 그들을 향해 있는 다정하고 온화한 태수의 태도였다.

하교 후 우리 집에 놀러 온 예찬은 무엇이 그리도 재미있는지 몸을 아예 뒤로 젖힌 채 깔깔거렸다. 그는 어업전문학교를 준비하고 있었기에 나와는 다른 고등학교를 선택해야만 했다. 그러나 우리는 이따금씩 만나 서로가 겪거나 들은 재미난 이야기들을 주고받았다. 그 무렵 그는 근처 대학생에게 첫눈에 반했기에 대부분 하는 이야기는 그런 것들이었다, 나는 태수의 이야기를 하며 고등학교를 보냈다고 해도 과언이 아니다. 어느 아이들이 그러하듯, 공부나 대학에 대한 소식들은 우리의 큰 관심을 끌지 못했다. 인생에 있어 성적이 중요하다는 것을 모른 체한 것은 아니지만 다만 정신을 지배하던 다른 것들이 존재했을 뿐이었다.

"녹았다."

라고 말하며 예찬이 주머니에서 다소 찌그러진 발바닥 모양의 보라색 사탕을 하나 건넸다. 그리고는 자신의 입 속으로도 하나 쏘옥 넣으며 오물거렸다. 그는 이따금씩 두 손가락을 이용해 사탕을 집었는데 그러면 밖에 나가서 하얀 연기를 내뱉고 싶다는 일종의 신호였다. 그럴 때면 나는 고개를 끄덕이며 알겠다는 듯 사인을 보내고는 아버지 주머니에 있는 담뱃값을 몰래 훔쳐 나오고는 하였다. 아버지는 습관처럼 흡연을 하셨기에 두 개비 없어진 것은 전혀 눈치채지 못하는 듯해 보였다. 밖으로 몰래 나와 담배를 피우는 동안 나는 은지의 얼굴을 잊을 수가 없었다. 그녀를 내 마음에 둔 것은 아니었지만 일전에는 본 적이 없는 교정기 소녀의 환한 미소가 내게는 꽤나 강렬했다. 아버지가 늘 그러시듯 하연 연기를 뿜다 보니 나도 모르게 자연스레 한숨이 섞여 나왔다.

'이것이 어른의 맛인가.'

그때 혀에 닿았던 감촉을 아직도 기억한다. 씁쓸하기만 하고 전혀 맛이 없었다. 그래서 나는 이런 것을 사는 아버지가 이해되지 않았다. 그렇게 생각할 무렵 멀리서 우리 쪽으로 걸어오는 태수가 보였다. 어디서 마라톤이라도 하다 온 모양인지 머리가 축

축하게 젖어 있고, 검정색 반팔 차림이었다. 한동안 그에게서 시선을 거둘 수가 없었는데, 그 옆에는 그를 따르는 다른 무리들이 보였고 전부 나와는 한 번도 말을 해본 적이 없는 학교 아이들이었다. 아니, 말을 섞어본 적은 있었을 터였다. 그들을 내 기억 속에서 지워버렸는지도 모를 일이었다. 내가 다녔던 중학교는 고등학교와 고작 한 뼘 차이를 두고 위치해 있었기 때문에 공부에 관심이 없는 대다수가 바로 옆으로 건너가 3년을 더 보낸 셈이었다. 개중 친한 애들은 계속 친했고, 친하지 않았던 아이들도 새로운 무리를 찾아 떠났다. 어느 날에는 몇몇 아이들이 내게 다가와 말을 걸고는 하였다. 그러나 그들과 나 사이에 바위 하나가 떡하니 자리 잡고 있는 듯 가슴 한편이 내려 앉아 편안하지 못했다. 나의 고립은 그런 작은 바위들이 모여 시작되었는지도 모른다고 생각했다. 그리고 태수의 얼굴을 보는 순간 그 동안 내 안에 존재하던 모든 바위들이 더 드높이 땅을 뚫고 올라오기 시작했다. 교실에서 나에게 말을 걸던 사람과 동일 인물이라고 정녕 믿기가 어려웠다. 그는 더 여유롭고 더 자주 환한 미소를 지어 보였는데 그때마다 그의 하얀 치아가 반짝거렸다. 그는 더 이상 냉혈한 잡지 속 인간이 아니라, 어딘가 포근해 보이기까지 했다. 태수는 잠시 나와 눈이 마주쳤다. 그들은 나와 예찬이 있는 쪽을 향해 천천히 다가오기 시작했다. 무리 중에는 단 한 번을 제대로 쳐다볼 수조차 없던 여자들도 여럿 있었다. 언제나처럼 얼굴에는 하얀 분을 칠하고 입술에는 부담스럽지 않은 붉은 색을 머금고 있었다. 그들에게는 공통점이 있었는데, 부모님이 개인 사업장을 가지고 있거나 공직자라는 것이었다. 선생님들은 그들에게 회초리 대신 선물세트를 들이미는 장면을 몇 차례 목격한 바가 있었다. 그러나 그것은 내게 전혀 문제가 되지 않았다. 엄마도 학부모 상담이 있을 때마다 떡을 해서 선생님들에게 나눠주었고, 나는 유난스럽다고 생각했지만 결국 그런 것은 어른들끼리 주고받는 일종의 인사치레였을 뿐이었다. 그 떡을 먹는 선생님들이 나에게 더 많은 관심을 기울일까 걱정했냐고 묻는다면 그것은 사실이라고 말할 수 있겠다.

"진대야. 이런 우연이 다 있구나. 여기서 다 마주치고, 포항은 역시 정말 작아. 너 혹시 이 근처 살아?"

어느 새 코앞까지 다가온 태수가 한껏 목소리 끝을 들어 올리며 물었고, 나는 그렇다고 대답했다. 그러자 으음 하는 소리를 내며 주변을 여기저기 둘러보았다.

"좋네. 고요하고."

정말 좋아 보여서 그렇게 말했다고 생각하지 않았다. 우리 집 근처에 살고 있는 학교 아이들이 몇 있었다. 태수는 마치 견학하는 듯 왕눈이가 되어 시선을 까딱거릴 뿐이었다. 그러는 동안 그는 내게 계속해서 미소를 지어 보이고는 했는데 그 순간 느낄 수 있었다. 웃고 있지만 그의 두 눈동자는 여전히 차갑고 매서웠다. 그 안에 비친 내 모습이 조금 흔들거리고 있는 것을 보았다. 빗겨간 시선으로 다른 무리를 바라보는데 모두가 똑같은 표정을 지으며 나를 바라보고 있었다. 따분한 영화에서 신선한 에피소드 하나를 드디어 발견한 것처럼 혹은 맛있는 것을 앞에 두고 무엇을 먼저 먹을까 고민하는 사람처럼 어딘가 들떠 보였고 한 쪽 입꼬리만 이따금씩 씰룩거리고 있었다.

"반가워. 하태수라고 해. 오늘 전학 왔어. 포항에 온 지는 이 주일 정도 되었고. 여기는 내가 오늘 처음 사귄 친구들."

태수가 먼저 예찬에게 인사를 건넸다. 그것이 거짓된 모습임을 알아차리는 데에는 그리 긴 시간이 필요하지 않았지만 나만 빼고 모두가 그의 진짜 모습을 바라보지 못했다.

"이야, 세상의 빛이란 빛은 모조리 싹쓸이하고 있고만. 인물들이 훤하네."

예찬이 장난스럽게 웃어 보이며 대답했고, 그곳에 있던 아이들은 그에게 반갑게 인사하며 언제 한번 낚시를 갈 때 자기들도 데려가 달라고 부탁했다. 그날 이후, 학교에서의 일상을 이야기할 때면 그가 보인 반응들은 다음과 같았다.

"그 놈 완전 이중인격이야. 하루에도 몇 번씩 완전히 다른 사람이 된다고."

"니 언제부터 인상 갖고 사람 차별했는데?"

"마음에 안 들어. 모두가 완전히 속고 있어."

"에이, 가가 뭘 잘못했는데?"

여름 방학이 되어 다 같이 낚시를 다녀왔다는 사실을 알게 된 것은 조금 나중의 일이었다. 태수의 본격적인 괴롭힘은 계속되었었다. 자신의 숙제를 나에게 맡기는가 하면 교과서를 빼앗고 의자에 바늘을 세워놓아 재미 삼아 나의 반응을 보기도 하였다. 나의 이름을 기억하는 아이들이 많아졌는데 그것은 내게 좋지 않은 징조였다. 그러다 여름 방학이 끝난 이후 그 사건이 터지고 만 것이다.

여느 날처럼 하늘은 맑고 더운 열기는 식을 줄 모르던 9월 초.

학교에서 대대적인 축제가 열렸다. 일 년에 한 번 있는 가장 큰 행사로, 몇몇 학교와 협력하여 큰 토너먼트를 진행해왔다. 축구, 족구, 농구 경기를 치르고 거기에 응원부의 점수를 더해 진 학교는 3개월 동안 주간 봉사활동을 다니며 지역 주민들을 도와야만 했다. 평소에도 마음만 먹으면 충분히 할 수 있는 일이었지만 그곳에 강제성이 부여가 된다면 이야기가 달랐다. 자유는 고사하고 성적이나 대학에 대한 어른들의 쓴 조언들을 직접적으로 들어야만 하기 때문에 단순한 봉사활동 개념 이상의 의미를 지니고 있었다. 그것을 알고 있었기에 선생님들도 적극적으로 나섰다. 나는 축구를 좋아하는 한편 잘하기도 했다. 공이 골문을 뚫었을 때의 희열보다 골문을 향해 달려오는 상대편의 공격을 무산시켰을 때의 짜릿함에서 더욱 큰 매력을 느꼈다. 그러나 이번에는 상황이 조금 달랐다.

"응원팀이라니요?"

"진대, 중학교 때부터 작년까지 내내 선발이었지?"

"네, 그렇습니다."

내가 말했다.

"그럼 이번에는 빠져도 되겠네."

담임은 의자에 앉아 발을 주물럭거린 채 말했다. 폐까지 황당함이 들어차서는 어떠한 말도 할 수가 없었다. 숨이 터업 하고 막히는 듯한 기분 나쁜 느낌이 온몸의 혈관마저 타고 흘렀다. 나는 잠시 주춤하다 말했다.

"선발이 응원팀으로 간다는 말은 제 생전 들어본 적이 없습니다. 전 정말, 이날만 기다렸습니다. 선생님 대답해주세요. 이 모든 것이 누구에 의해 결정된 건가요?"

나의 물음에 담임은 짧은 탄식을 내뱉으며 자리에서 일어섰다. 그리고는 영혼은 저 멀리 날아가 버린 듯한 두 눈동자로 나를 멍하니 바라보았다. 뭐라고 해야 할까 검은색 단추 두 개를 달아 놓은 듯 인위적이고 진실을 보지 않으려고 애쓰는 사람 같았다.

"오진대. 네 부모님이 고생해서 번 돈으로 매번 선생님들 위해 떡 해주시는 것 알지?"

"알고 있습니다."

내가 대답했다.

"그러면 네가 정말 기다려야 하는 날은 축제 자리에서 축구 따위나 하는 게 아니라, 부모님의 은퇴 날이라고. 정신 차려, 오진대. 지금 이 따위 성적으로는 요즘 같은 험난한 시국에 대학은커

녕 공장 취직도 힘들어. 알아?"

까랑한 목소리가 교무실 곳곳 퍼졌다. 그곳에는 꽤나 많은 선생님들과 학생들이 오고갔지만 우리 쪽으로 적나라하게 관심을 주면서도 그만하라고 말리는 이 하나가 없었다. 오히려 무료로 하는 재미난 공연 혹은 사고 난 현장을 지켜보는 것처럼 팔짱을 낀 채 자리에 서 있을 뿐이었다. 말하자면 나와 담임 사이에는 커다란 구멍이 있었고, 아무도 그곳으로 과감히 들어올 생각조차 하지 못했다. 이러한 적막감을 깬 것은 다름 아닌 태수였다. 담임은 그가 인사를 하며 다가오자 세상 다정한 아버지 미소를 지으며 두 팔 벌려 다가갔다. 어찌나 다급하게 다가가던지, 중간에 신고 있던 슬리퍼 한 짝이 벗겨졌는데 전혀 개의치도 않는 듯했다. 그제야 모든 구경거리가 종료되었다는 듯 모든 이들이 일제히 자리에 착석하거나 교무실을 벗어나고 있었다. 그때 나를 바라보고 있던 태수의 시선을 느꼈는데 다른 이들은 느끼는 어떤 따스한 감정 따위를 전혀 전해 받을 수 없었다. 마음속에서 속상함과 화가 동시에 일고 있었다. 담임의 책상 위에 놓여 있던 담뱃갑이 눈에 띄었다. 침을 꼴깍 삼켰고, 머릿속에는 오로지 한 가지의 생각이 동동 떠오르고 있었다. 그리고 그것을 실행에 옮겨 담배를 내 손에 얻기까지 걸린 시간은 고작 2분이었다. 일말의 죄책감은 느끼지 않았다. 나중에 돈을 벌면 갚을 수 있을 것이라 생각했다. 도둑질이 나쁜 것은 알고 있었다. 하지만 그러한 생각은 그것을 입에 무는 순간 연기와 함께 사라져갔다.

"오지는데, 오진대?"

하교 후 시장 골목길에서 태수가 장난스러운 미소를 지어 보이며 내게 다가왔다.

"심심해서 따라와 봤는데, 생각한 것 이상으로 재미있게 사는구나. 놀랍다."

그의 목소리에는 힘이 실려 있었지만 리듬감을 느낄 수는 없었다. 국어책을 읽듯이 어딘가 정직했지만 가슴에 꽂히지 못했다. 나는 그것이 그가 가진 가장 큰 단점이라고 생각했었다. 모든 선생님에게 예쁨을 받는 그가 나는 전혀 마음에 들지 않았다. 그래서 아주 사소한 결점들이라도 발견하는 날에는 괜스레 기분이 좋았다.

"불쌍한 담임. 물건이나 훔치는 제자를 두셨네."

그가 비아냥거리며 말했다.

"네가 무슨 상관인데?"

"그거 알아? 그렇게 어릴 때부터 담배 태우면 성장이 멈춰서 너는 평생 그 키로 살아야 해. 키만 컸으면 축구에서 조금 더 멋진 활약을 할 수 있었을까? 그럼 후발 주자로 넣어줄 수도 있었는데 말이지."

그렇게 말하고는 그는 실실거리며 한 발짝 더 다가와 내 귓가에 속삭였다.

"내가 보냈어. 응원팀."

"도대체 왜."

"이것 봐. 사람들은 자신의 이상이나 예상이 조금만 다르게 되어도 꼭 이유를 찾더라. 왜 하필 자신에게 이런 일이 벌어졌는지, 왜 다른 사람은 되는데 자신은 안 되는지. 이유를 발견한다고 해서 진실이 달라지는 것도 아닌데 말이야."

태수는 내 머리를 툭툭 손끝을 향해 두어 번 쳐 대더니 말을 이었다.

"나는 네가 싫어, 오진대. 이거면 이유가 됐을까?"

귓가에서 삐이 하는 소리가 울렸다. 어지러움을 느꼈고, 위에서 올라오는 구토감을 참을 수가 없었다. 다리에 힘이 빠져 비틀거리자 태수는 한 발짝 물러나며 순식간에 표정을 바꿨다. 내가 아는 아주 익숙한 모습이었다. 그대로 고꾸라지자 그는 내 엉덩이와 정강이를 몇 번이고 걷어찼다. 내 눈앞에서 잠시 동안 펼쳐져 있던 익숙한 풍경들이 보였다 사라지기를 반복했다. 다리에서 계속된 통증이 나를 괴롭히는 것을 온몸으로 느끼고 있었다. 땅바닥에서 올라오는 차가움이 얼굴에 닿자 모든 풍경들이 암흑으로 변했다.

그를 바라볼 때면 아직도 그때의 기억은 생생하다. 끝내 저항 한 번 해보지 못하고 감춰두어야 했던 감정들이 다시금 살아나고 있었다. 그 사이 우리는 회사에서 조금 떨어진 N타워 빌딩 안에 있는 양식집으로 들어섰다.

"내가 왜 보자고 했는지 궁금하지 않아?"

태수가 잔에 칠레산 와인을 조르르 따르며 물었다. 그가 이렇게 나오리라는 것을 예측하지 못한 것은 아니다. 나는 그의 과거를 낱낱이 알고 있고, 내가 발악이라도 한다면 모르긴 몰라도 불리한 것은 오히려 태수 쪽이었다. 합의라도 볼 심산인가 잠시 추측해 보았다. 이런 악조건 속에서 퇴사를 결심하지 않은 이유도 그중 하나였다. 이번에는 물러날 생각이 전혀 없었기에 나는 궁금하다고 대답했다.

"네가 회사를 위해서 열심히 살아온 것 알아. 그런데, 네가 보인 경솔한 행동들은 권고사직의 아주 결정적인 이유가 되어주고 있어."

그렇게 말하며 포크를 이용해 크림 파스타를 돌돌 말더니 커다랗게 뭉쳐진 면들을 그대로 입속에 집어넣었다. 무엇을 시켰는지 모르겠지만 내 눈앞에도 새우 세 마리가 곁들여진 붉은색 파스타가 아른거리고 있었다. 배가 무척 고팠고, 유혹적인 향기가 나의 식욕을 더욱 자극하고 있었다. 이윽고 배에서 천둥 치는 소리가 커다랗고 났고 그는 조금 먹으라고 이야기했다. 그러더니 웨이터를 불러 고르곤졸라 피자와 치즈가 얹어진 소시지를 한꺼번에 주문했다. 메뉴판을 덮음과 동시에 스페인에서 먹었던 토마토 치즈 피자가 이곳에는 없어서 무척 아쉽다는 이야기를 하였다. 음식 이야기를 하면 할수록 내 위에서는 더 많은 양의 위산액들이 올라오고 있었다. 오 분 정도 지났을까 파스타를 포크로 쿡쿡 찌르다가 참지 못하고 아주 빠른 속도로 먹어 치웠다. 나를 측은하게 여기는 듯한 시선이 느껴졌지만, 그런 것은 중요하지 않았다. 체면을 차려도 나의 미래가 태수의 손에 쥐어진 것은 반박할 수 없는 진실이었고 배고픔을 참을 수가 없었다.

"그런데 나는 너를 자르지 않을 거야."

다음으로 피자가 나오자 그는 냅킨으로 입을 슥슥 닦아내며 말했다.

"네가 나락으로 떨어지는 모습을 조금 더 지켜보고 싶으니까."

집으로 돌아와 침대에 웅크리고서 생각했다. 그가 나를 이토록 싫어하는 이유를 찾고 싶었다. 벗어나면 끝인 줄 알았으나 그는 내가 죽는 것을 보는 것만이 죽기 전 꼭 이루어야 하는 목표라도 되는 양 나를 줄곧 따라다닐 것이다. 침대 맞은편에 걸쳐 놓인 사각 거울을 통해 내 얼굴을 바라보았다. 못생기고 거칠었다. 추욱 내려간 입꼬리와 힘없이 가늘게 뜨고 있는 눈은 한층 더 가엾게 만들고 있었다. 예찬에게 전화를 하려다 이내 말았다. 같은 회사를 다니게 되었다고 하여도 큰 반응을 보이지 않던 그의 얼굴이 떠올랐기 때문만은 아니었다. 전화할 다른 누군가가 있을지도 몰랐기에 핸드폰 주소록을 차근히 뒤져보았다.

'모든 상황을 적나라하게 지켜본 동료들도 가만히 있던걸.'

이유를 찾으려고 했으나 그런다고 해서 달라지는 것은 없었다. 나는 혼자였고, 결국 모두가 태수의 편이었다. 침대 옆 스탠드에 두었던 팔찌를 손에 쥐었다. 언젠가 '나처럼' 되고 싶다던 그 아이의 얼굴이 기억나지 않았다. 비가 후둑 하고 창문을 두드리기 시작했고, 그와 동시에 눈물이 흘러 내렸다. 그것은 무척 뜨겁고 끊김이 없이 계속해서 내 볼을 타고 내려와 무릎 위로 톡톡 떨어졌다. 밖에서 사람들의 말소리가 들리는 듯하더니 이내 멈추었다. 빗소리에 파묻힌 건지 그들이 발걸음을 다른 곳으로 옮긴 것인지는 알 수 없었다.

"이봐, 친구."

갑자기 들려온 이상한 소리에 나는 빠르게 고개를 들어 주위를 살폈다. 잠시 헛것이 들렸구나 싶었지만 어딘가 익숙했다. 다시 소리를 듣기 위해 노력하면 들리지 않다가 정신을 놓고 울기 시작하면 들리기를 반복했다. 귓가에 맴돈다기보다는 천장을 뚫고 하늘 어디에서인가 내려오는 소리 같았다. 나는 신의 존재를 믿지 않지만 미신을 잘 믿는 편이었다. 그것이 어쩌면 얼굴은 한 번도 본 적이 없지만 하늘에서 나를 위해 내려오고 있는 천사가 아닐까 하는 생각에까지 이르렀을 무렵 다시 한 번 목소리가 들려왔다.

"당신, 도대체 누구입니까?"

"네가 죽으면 자연스럽게 알게 돼. 그 보다도 당장 그 사람에게서 떨어져."

"떨어지라니, 대체 누구로부터 말이죠?"

"네 마음속에 단단히 품고 있는 그 멍청한 인간으로부터 당장 떨어지라고. 최선을 다해 도망가."

그와 동시에 빗소리가 더욱 거칠게 창문을 두드려댔고, 꿉꿉한 냄새가 방 안에 조금씩 퍼져 가고 있었다. 창문에는 습기가 들어차고 있었고 감히 움직일 엄두조차도 내지 못했다. 얼마나 지났을까 소리가 멈추었고 나는 치를 떨며 침대 속에 나를 내맡겼다.

삐이익!

호루라기 소리에 눈을 떴을 때 가장 먼저 보인 것은 흙먼지가 날려대는 운동장이었다. 그곳에서는 다들 서로를 밀쳐대며 축구를 하고 있었고, 그곳이 우리 학교라는 사실을 인지하는 데에는 그리 오랜 시간이 걸리지 않았다. 잠이 덜 깬 듯 어딘가 몽롱하고 풍선 바람 빠지듯 몸이 바람에 흔들거리고 있었다.

"이쪽으로 패스!"

"좋았어!"

하늘 높이 떠오르는 공이 향하는 곳으로 시선을 돌렸고 그곳에서 땀에 흠뻑 젖어 있는 공을 다루고 있는 나의 모습이 보였다. 앞에서 다가오는 상대 팀을 가볍게 재치는 모습은 특히나 인상적이었는데 숨을 제대로 고르지 못하면서도 끝까지 공만 추격하고 있었다.

"진대, 평소에는 되게 조용한데 축구할 때면 완전 다른 사람 되지 않아?"

"매일 혼자 다니던데, 가서 친구 하자고 해!"

"어유 야, 말도 안 돼. 나 부끄러워서 그런 것 못 해."

내 시선에서 한참 떨어져 있는 은지의 모습이 보였다. 상식적으로는 결코 들리지 않을 아주 먼 거리에 있었지만 그녀의 또랑한 목소리가 선명하게 내 귓가로 꽂혔다.

'여긴, 다시 꿈속인가?' 생각했다.

온 운동장을 비추고 있는 태양과 그 속에서 흔들거리며 나뭇잎들끼리 제 몸을 부딪히고 있었다. 나는 운동장 가장 구석에 쭈그리고 앉아 경기를 지켜보았다. 그 속에서 뛰고 있는 나의 모습을 보았다고 하는 편이 조금 더 정확할 것이다. 몇 번의 호루라기 소리가 들렸고, 그에 따라 파도타기를 하는 응원팀의 모습이 보였다. 마침내 2-1로 승리를 거두자 일제히 환호 소리가 쏟아져 나왔다. 그것은 아주 커다랗고 기쁨의 환희로 가득 차 있었는데 그들이 달려가는 자리에 모래 먼지가 뭉게뭉게 피어오르고 있었다. 때마침 내리는 촉촉한 비에 모두가 강당으로 몸을 피했고 나는 여전히 그 자리에 서 있었다. 멀리서 보이는 축구공이 초라하게 놓여 있었고, 나는 그곳으로 다가가 공을 펑! 하고 찼다. 아무도 나의 모습 따위는 신경 쓰지 않는 듯 보였다. 모르는 사람이 나타나 저 멀리 공을 차버리는데 어떻게 그 누구도 나에게 말을 걸지 않을 수 있단 말인가. 마치 이곳에서 내가 누군가를 향해 총을 겨눠도 모르는 척 지나갈 것 같은 느낌이었다. 이제 주변에는 아무도 없었고, 움푹 팬 모래 구멍 안으로 빗물이 고이고 있었다.

"저기요."

뒤를 돌았을 때는 하얀 우산을 쓰고 있는 나의 모습이 보였다. 머리는 젖어서 축 늘어진 상태였고, 언제 갈아입었는지 교복 차림으로 그 자리에 우두커니 서 있었다. 그제야 더 이상 운동장이 아닌 길 한복판이라는 것을 알아챘다. 여전히 비가 내렸고, 그는 우산을 내 쪽으로 건네며 쓰겠냐고 물었다. 그는 혼자였는데, 이미 다리를 절고 있는 데다 입술까지 찢어진 상태였다. 천천히 다가가 우산을 잡았다. 우리 사이에 거리는 그리 멀지 않았지만 그렇다고 너무 가깝지도 않았다. 우리 둘은 동시에 우산 가운데로 들어가지 않은 채 후두둑 떨어지는 빗물을 맞고 있었다.

"이럴 줄 알았으면 맞서 싸울 걸 그랬다. 그때."

라고 말하며 어깨선을 타고 흘러 내려온 가방끈을 다시 나의 어깨의 올려놓아 주었다. 그러고는 아주 잠시 눈동자를 바라보았다. 추욱 내려앉았지만 악의가 들어섰고, 불쌍하면서도 강렬했다. 차가우면서도 뜨거웠다. 냉정하면서도 온화했다. 나도 아마 같은 모습을 보고 있을 것이라 생각했다. 주변을 지나가는 사람들은 많이 있었지만 단 한 번도 본 적이 없거나 알더라도 나와는 상관이 없는 사람들뿐이었다. 나는 나를 응시하며 물었다.

"지금이라도 보내버릴까?"

그 생각에까지 미치자 혈관을 타고 흥분감이 밀려왔다. 비가 더욱 강렬한 소리를 내며 쏟아져 내려왔고, 우리는 기어코 한 발짝 다가서며 같은 작은 우산 속으로 몸을 피신시켰다. 여전히 가슴이 퉁퉁 울려 댔다. 이것이 정말 꿈이라면, 내가 그를 죽여도 괜찮을 것이라는 생각이 들었다. 어쩌면 어릴 때의 나도 내가 그렇게 해주기를 바라고 있는지도 모른다고 생각하자 마음속에서 커다란 용기가 들끓었다 어차피 내가 현실 세계로 돌아가면 없었던 일이 될 터였다. 잠시 후 나는 몸을 돌려 태수가 나를 짓밟던 골목으로 빠르게 달렸다. 나를 바라보는 시선은 느껴지지 않았다. 말리는 이도 없었다. 지금 당장 저 횡단보도에서 사람이 치여 죽어도 내일이면 아니 단 몇 시간이면 그들 머릿속에서 잊힐 것이다. 존재했던 누군가가 그렇게 아주 쉽게 사라질 것이다. 그리고 사람들은 안타까움을 느끼면서도 자신과는 무관한 일이라고 생각할 것이다. 가해자도 피해자도 아니라며 어떻게든 자신들은 그 경계에서 빠져 나가려 들 것이다. 신호가 바뀌기를 기다리며 나를 스치는 몇몇 사람들을 바라보았다. 답답함에 입고 있던 옷가지들을 벗어 던지고는 온몸으로 내리는 비를 맞았다. 골목길에 다다랐을 때 태수의 얼굴이 눈에 보였다. 지금과 전혀 다르지 않은 같은 비열함과 차가움을 지니고 있었다. 그와 눈이 마주치는 순간 몸속에서 엄청난 분노가 이끌었고 그에게 성큼성큼 다가갔다. 태수는 나를 알아본 듯 눈썹을 치켜세우며 한쪽 입꼬리를 들어 보였다. 그러자 모든 것이 흔들렸다. 묵직하고 뜨거운 무언가가 빠른 속도로 내 얼굴을 강타했고, 이윽고 쓰라린 피 맛이 났다. 하늘이 활짝 열리더니 낚싯줄에 번개를 엮어 던지듯 여기저기서 천둥이 콰르릉 하고 쳐댔다. 온몸에 소름이 쫘악 돋았고 벌떡 일어나 그의 멱살을 움켜쥐었다.

"진대야, 나는 네가 싫어."

태수는 내 얼굴을 가만히 내려다보며 한 글자씩 또박또박 읊조렸다.

"네 행복을 위해 나를 이용하지 마, 이 비겁한 놈아."

라고 말하며 그를 향해 손을 뻗었고, 동시에 하늘에서 폭탄이라도 떨어뜨리는 듯 굉음을 내며 뇌우가 떨어졌다.

꿈을 꾸었다.

밖은 아직 어두웠고, 더 이상 빗소리는 들리지 않았다. 본능적으로 핸드폰을 들어 오늘 날짜를 확인했다. 새벽 한 시 사십사분. 일주일 하고도 사흘이 지나 있었다. 이마에 흐른 땀을 손바닥을 이용해 아무렇게나 훔쳤다. 하아 하는 한숨을 몇 번 내뱉고 나서야 더 이상 갈 곳이 없다는 것을 느꼈다. 바닥에 대충 떨어져 있는 팔찌를 집어 들었다. 베란다로 나와 담배 하나를 입에 물었다. 늦은 시간이었음에도 몇몇 사람들이 눈에 띄었다. 대부분 초점 없는 눈으로 비틀거리고 있었다. 개중 어딘가를 향해 손가락질을 하거나 허공에 악을 지르기도 했다. 아버지 생각이 났다.

"이봐 친구."

다시 한 번 나를 부르는 소리에 정신이 번쩍 들어 주위를 돌아보았다. 이번에는 어딘가 모르게 나긋하고 편안하게 다가왔다. 내 곁에 모습을 드러낸 적은 없지만 어딘가 익숙했다. 나는 그에게 천사냐고 물었지만 그는 아니라고 말하며 소리쳤다.

"떨어지라고 했잖아."

순간 머릿속으로 태수의 얼굴이 스쳐갔다. 내 오른손을 들어 이리저리 살펴보았다. 아픔이 느껴지지는 않았지만 어딘가에 긁힌 듯 상처가 나 있었다. 이제 허공을 향해 소리 지르던 사람들은 사라지고 없었다. 갑자기 숨이 헐떡거리기 시작했다. 가슴속에서 커다란 풍선이 부풀어 오르다 터져버릴 것처럼 아슬아슬한 긴장감이 전해졌다. 몸에서는 다시금 한기가 났고, 벌벌 떨렸다. 방으로 돌아와 욕실로 향했다. 거울에 비친 내 모습을 바라보았다. 잘근잘근 씹기라도 한 건지 입술에서 얕은 피가 흘러나온 흔적이 보였다. 재빨리 욕조에 뜨거운 물을 받았다. 그곳에는 혼자였지만 나를 감시하는 듯한 기분을 떨쳐버릴 수 없었다. 욕실 안에서 피어나는 하얀 연기들이 거울과 창문을 뿌옇게 만들고 있었다.

욕조에 들어가 머리끝까지 나를 물속으로 밀어 넣었다 폐가 살려 달라고 구조 요청을 할 때 즈음 수면 위로 올라오기를 반복했다. 두 손을 들어 목덜미에 가져대며 헐떡거리는 숨이 어느 정도 진정되었을 무렵 다시 한 번 소리가 들려왔다.

"최선을 다해 도망가. 가까이 하지 마. 마지막 경고야."

"경고?"

코웃음을 치며 대답했다. 어떠한 존재도 내 눈으로 볼 수 없었지만 개의치 않고 계속 말했다.

"이봐, 나는 당신이 천사인지 악마인지 상관없어. 그 따위 것은 중요하지 않아. 중요한 것은 나는 내가 해야만 하는 일을 했다는 거야."

"네가 해야만 했던 일이라고?"

"그래. 하늘이 알고 땅이 알아. 그 자식이 얼마나 비열한 놈인지. 자신의 심심함을 풀기 위해 남의 불행을 이용하지. 그러나 어떠한 죄책감도 느끼지 않아. 왜? 본인의 상처나 슬픔이 아니거든. 멀리 떨어지라고? 도망치라고? 그 놈은 내가 어디를 가도 따라올 거야. 도망가는 것은 의미가 없어. 그것이야 말로 정말 비겁한 짓이야."

너무 빠른 속도로 고함을 치자니 숨이 막혔다. 아니꼽게 보일 생각은 전혀 없었다. 그저 내가 도망을 가야 할 이유가 전혀 없었기에 그렇게 말했다. 나는 욕조에서 일어서 타올을 온몸에 휭휭 감으며 욕실을 나섰다. 침대에 나뒹구는 옷가지들 중 하나를 집어 몸을 구겨 넣으며 생각했다. '그런데 왜 이렇게 속이 시원하지가 않지?' 더 이상 나에게 말을 거는 이는 한 명도 없었다. 내 걱정을 하며 전화를 하는 사람 하나 없었다. 그것은 무척 속상한 일이었지만 한편으로는 당연한 것이었다. 부재중 몇 통과 문자. 그리고 그것에 대한 회신이 없으면 없는 대로 굴러가는 세상이다. 연락이 온다 한들 대부분 직장 후배 혹은 엄마였다. 조만간 서울에 오겠다는 엄마의 문자에 알겠다는 답장을 보낸 뒤 다시 한 번 생각했다. '내가 이 세상에서 없어지면 무엇이 달라지지?' 답을 알지만 몰랐다. 궁금했지만 궁금하지 않았다. 침대에 앉아 팔찌를 이리저리 돌려보며 만났던 꼬마 아이의 얼굴을 떠올리기 위해 노력했다. 그러나 시간이 지날수록 그날의 기억은 더욱 뚜렷했지만, 그의 얼굴은 갈수록 뿌옇고 형체를 알아볼 수 없는 무언가 되어 머릿속에 간간이 남아 있을 뿐이었다.

"그런데 말이야. 왜 하필 나야?"

아무런 소리도 들려오지 않았다. 아무도 없었다. 그래도 계속 떠들었다.

“나는 가진 것도 없는 그저 열심히 사는 평범한 사람이야. 아버지는 일찍 돌아가셨고, 모두가 그리워하는 학창 시절에는 왕따를 당했지. 심지어는 그 가해자가 지금 내 상사로 와서는 나의 불행을 아주 즐거워하고 있다고. 뭐 하나 제대로 가져본 적도 없는데 그나마 손에 쥐고 있는 것 마저도 앗으려는 이유가 무엇이냐는거야. 아 이유 물으면 귀찮아 하려나? 이에 대한 이유에도 ‘네가 싫어서’라고 말할 수 있겠네.”

아주 잠시 쓰라린 미소를 지어 보였다. 그럴 때마다 입술 살이 저억 하고 갈라지며 그 사이로 피가 고였다. 냉장고에서 소주 한 병을 꺼내 들이켰다. 빈속이었지만 그렇게 했다. 분명 피해를 받은 사람은 나였는데, 혼자 남겨져야 하는 것도 내 몫이었다. 술잔을 두 번 정도 비울 무렵 다시금 목소리가 들려 왔다.

“무엇을 원하지?”

그 물음에 대하여 무엇을 원하는지는 나도 알 수가 없었다. 태수가 내 인생에서 사라진다 한들 이제 와서 잃어버린 것들이 다시 돌아오지는 못했다. 그래서 잘 모르겠다고 대답했다. 하지만 분명한 것은 이렇게 살고 싶은 것은 아니라고 했다. 그러자 이번에는 조금 더 굵은 낮은 목소리로 그가 말했다. 못으로 어딘가를 직직 긁는 듯 목소리가 많이 갈라졌지만 듣기에 거북하다고 느껴지지는 않았다. 다만 일전에 느낀 나긋함과는 거리가 멀었다. 긴장이 되어 나도 모르게 긴장감에 가슴이 두근거렸고, 그 소리가 온 방에 울려 퍼지는 듯했다.

"너는 도망치고 싶지 않은 거야. 맞서 싸우고 싶겠지. 정의니 뭐니 하는 단어를 들먹거리며 못된 악당들과 싸우는 주인공처럼 말이야. 그렇지?"

그 말에 나는 그러고 싶은 것은 맞지만 어떻게 싸워야 할지 모르겠다고 대답했다. 돌아갈 곳을 잃었고 지금은 헛된 꿈속에서 허우적댈 뿐이며 시간을 축내고 있었다. 그리고 그 속에 있는 내 모습은 전혀 행복하지 않다고도 말했다. 그러자 커다란 웃음소리가 들려왔다. 그것은 쇠가 바닥에 떨어지며 나는 쨍그랑 소리와 비슷했는데 그 소리에 맞춰서 머리가 둥둥 하고 울려댔다. 참을 수 없는 두통에 관자놀이에 손을 갖다 대었다.

"알고 있어. 네 마음의 소리가 너무 커서 무시할 수가 있어야 말이지. 인간이 가진 감정 중 분노는 그 어떠한 힘보다도 강력하지. 복수를 하는 거야. 가서 주먹을 마음껏 갈겨버려. 정의를 실현하는 무사처럼 칼을 겨눠 한순간에 베어버려."

"그렇지만 그럼 나는 감옥에 가게 될 거야."

"멍청하긴. 지금 복수하지 않으면 도대체 어쩌겠다는 거야? 어차피 더 이상 갈 데도 없잖아."

나는 잠시 생각에 잠겼다. 그리고는 그게 정말 맞는 것이 맞는 것일까 하는 의심이 들었다. 그러자 다시 한 번 이번에는 더욱 또렷한 속삭임이 들려 왔다.

"네 엉덩이에 무작위로 박혔던 바늘의 개수, 재미 삼아 너를 추락시킨 놈을 생각해봐. 하필 솔이가 타이밍 좋게 네 상사가 된 게 정말 우연이었을까?"

나는 아니라고 대답했다. 그러자 이상한 기분에 사로잡혔다. 모든 것이 그의 장난스러운 계획 중의 일부라는 생각이 들자 화가 치밀어 올랐다. 주먹을 꽉 쥐자 온몸이 부르르 떨려 오는 것이 느껴졌다.

"가서 죽여버려. 가서 멋있게 베어 추락시켜버려."

이후 며칠 동안 반복적으로 꿈을 꾸었다. 한번은 솔이에게 달려가 멱살을 잡았다. 그때마다 그녀는 나에게 별 다른 말없이 울상을 지었다. 그러나 그것이 전부였다. 늘 내가 무언가를 실현하기도 전에 현실 세계로 돌아와야만 했다. 상담도 빼 먹지 않고 참석했다. 더 이상 꿈인지 망상인지 하는 것은 중요하지 않았다. 다만 세상에 대한 불만들을 이따금씩 쏟아 내고는 하였는데 선생님도 몇 차례나 고개를 끄덕였다. 그리고는 자명종처럼 정확한 시간에 "오늘 상담은 여기까지 하죠."라고 말했다. 정해진 시간에만 누군가를 만날 수 있다는 것은 정말 안타까웠다. 주말 낮에는 하루 종일 집에 있다가 밤이 되면 밖으로 나오기를 반복했다. 가사를 알 수 없는 노래들을 틀어 놓고서 허공을 바라보기도 하였다.

"그런데 내가 지금 겪고 있는 일들은 다 뭐야? 내게 왜 이런 일들이 일어나는 거지?"

잔에 채워진 술을 한 모금 들이키며 소리쳤다.

"네 안에 있던 존재가 너를 간절히 원했으니까."

알 수 없는 무언가와 대화하는 시간이 늘었다. 그가 내뱉는 말의 절반은 나로서는 이해할 수 없는 것들뿐이었다. 누구인지는 모르지만 그것은 나를 편안하게 했고, 형체가 있는 다른 것들보다 내 마음을 더 잘 알아주었다. 이따금씩 내가 정말 미쳤다고 생각했지만 그에 대해 크게 불만을 갖지는 않았다. 내가 미쳤든 그렇지 않든 어차피 이곳에는 나와 다른 사람은 들을 수 없는 어떤 목소리만 존재하고 있었을 뿐이었다. 정신과에서 지어준 약으로 손을 뻗으려다 그냥 잠들기로 작정하고 침대에 누웠다. 내일은 정식 사직서 작성을 위해 회사로 향할 예정이었다.

그해, 1월 말

주차를 하기 위해 차를 이끌고 건물 안으로 향하려는 것을 경비원들이 막아섰다. 차량 접근 금지 신청이 들어왔다는 것이 그 이유였다. 회사증을 보여 달라고 요청했지만 나는 사직서를 쓰러 오는 데 그것도 가지고 왔어야 하는 것이냐고 물었다. 뒤에서 다른 차들이 빠앙 하며 커다랗게 클락슨을 울려 대자 경비원은 정문 주차 봉을 올렸다. 차에서 내리자 다수의 사람들과 눈이 마주쳤다. 그들은 나를 대놓고 피하면서도 내게서 시선을 거두지는 않았다. 오히려 회사를 다닐 때보다 나를 알아보는 이는 늘었다.

"학창 시절 생각나네."

라고 읊조렸다. 나를 바라보는 사람은 있었지만 다가오는 이는 하나 없었다. 안내 데스크로 가 사직서를 쓰러 왔다고 하니 임시

출입증을 발급해주었다. 직원을 향해 한 번 웃어 보이고는 3층 인사팀으로 향했다. 모두가 각자의 일에 집중하고 있었다. 누가 오고 가든 전혀 신경 쓰지 않고 컴퓨터만 뚫어져라 내려다보고 있었을 뿐이었다.

"여기 사인해주세요."

키가 작고 꽉 끼는 치마를 입고 입은 여자가 내게 종이 한 장을 건넸다. 그것에 내 이름을 써 넣는다는 것은 12년의 생활이 종결됨을 의미했다. 나의 모든 열정과 청춘이 고작 이름 석 자에 끝이 날 판이었다. 볼펜에서 딸깍 소리가 몇 번이나 반복되고 있었다. 아주 오랫동안 나의 망설임은 계속되었다. 그때 두 명으로 추정되는 서로 다른 목소리가 들려왔다. 하나는 허스키하면서도 연륜이 묻어났고, 다른 하나는 촐싹대며 톤이 높고 빨랐다. 그러나 발음의 뭉개짐이 없어 듣기에 불편하지 않았다. 의자를 끄는 소리도 간간이 들리는 것을 보아 회의 준비를 하는 듯했다. 나는 본능적으로 숨을 죽이고는 서서히 벽으로 다가가 귀를 갖다 대었다. 그러자 대화가 또랑해졌다.

"인사고과 점수 보면 되게 높던데, 갑자기 무슨 일이지. 같은 사람 맞아?"

"그날 회의실에서 제 눈으로 똑똑히 봤어요. 다중인격이 따로 없어요. 회사에서 보인 모습은 전부 가짜였던 거죠. 글쎄, 솔이 팀장님 과장 달기 전에 자기가 그 자리 차지하고 싶어서 결혼을 들먹거리면서 그 자리 못 앉게 했다잖아요."

"그게 무슨 소리야? 임솔이 팀장님 전 애인 아니야?"

"그러니까요."

둘의 대화 내용을 듣자니 연륜 있는 여자가 상사인 듯했다. 그녀는 목소리를 낮추는 탓에 소리가 끊겨 들려왔지만 다른 한 여자는 반대로 흥분한 듯 한껏 또랑해진 목청으로 말을 이었다.

"자신하고 지금 결혼 계획 중에 있고, 머지않아 아기도 하나 가질 거라면서 과장 자리에 앉혀도 소용이 없다고 한 거죠. 그렇게 착한 척 아부하더니 본인 능력이 부족해서 팀장 안 된 걸 애꿎은 사람에게 풀더라니까요? 그날 임 팀장님 다리 다치셔서 절뚝거리시면서도 바로 산부인과 가서 태아 건강부터 확인했잖아요. 얼마나 짠하던지. 하여간 저런 인간들이 사회 분위기 다 망치고 있어요."

나는 여전히 의자에 앉아 종이를 바라보았다. 몇몇 사람들의 그림자가 방으로 들어가는 것이 보였다. 그저 한 가지의 생각이 내 머릿속에 들어차 있었다.

'이것은 꿈인가. 현실인가. 꿈이라면 무엇이 달라지고 현실이라면 무엇이 달라질까?'

모든 것은 아주 단순했다. 나는 저 사람들에게 사라져야만 하는 존재이며, 머지않아 직원이 들어와 내 회사 인생을 단 몇 분만에 종결시키리란 사실에는 변함이 없었다. 나의 말은 묵살당할 것이었으며, 침묵을 하면 내게 돌이 날아올 판이었다. 나는 화장실을 가기 위해 자리에서 일어섰다. 문을 열어젖히자 어리버리해 보이는 한 남자와 눈이 마주쳤다. 그는 나를 보고 놀라는 기색은 내비치지 않았다. 그저 빠르게 지나쳐 자신의 길을 갈 뿐이었다. 그의 뒷모습은 어딘가 앙상했고, 마치 꺾어 있는 나뭇가지 마냥 다소 늘어진 어깨를 하고 있었다. 그를 지나쳐 화장실로 향하던 발걸음을 돌려 빠르게 7층으로 향했다. 엘리베이터 문이 열리자 경호원이 나를 막았다. 그러고는 이곳으로 들어가면 안 된다고 말했다. 나는 경비원하고는 할 말이 없고 다만 두고 온 짐이 있기에 그것을 챙겨야 한다고 대답했다. 그들은 양쪽에서 나의 팔을 잡고는 자신들도 동행하겠다고 말했다. 몇 차례나 둘이서 눈빛을 주고받는 것이 보였다. 마치 '그쪽 잘 사수해!'라는 신호 같았다.

사무실은 조용했다. 자리에서 일어서 멀찌감치 떨어져 나를 지켜보는 이들도 있었다. 솔이도 그중 하나였다. 나는 그녀의 배를 유심히 보았다. 일전과 크게 다른 점이 없어 보였기에 아까 여직원들끼리 한 이야기가 거짓은 아닐까 생각했다. 더구나 임신을 한 사실을 알면서도 그녀를 팀장 자리에 앉히기란 의도하지 않는 한 쉽지 않은 결정이었다. 솔이는 겁에 질린 표정으로 나를 바라보고 있었다.

"무슨 범죄자 취급까지 합니까?"

소리가 나는 쪽으로 시선을 돌리니 그곳에는 태수가 서 있었다. 그 옆에는 아영도 같이 있었는데, 그 사이 머리카락 색이 조금 달라져 있었다. 그러자 직원들은 경멸의 눈으로 나를 쳐다보던 시선을 지우고 영웅이라도 나타나는 듯 태수를 바라보았다. 그도 그것을 알고 있는 듯 어깨를 으쓱해 보이며 일전에 나 빼고 모두에게 보였던 사람 좋은 미소를 지어 보이고 있었다. 태수의 말 한마디에 양옆에 있던 경비원들이 잡고 있던 손을 천천히 내려놓았다.

"짐 가지러 왔죠? 제 방에 보관해두었으니 일단 들어오시죠."

태수가 말했다. 그 말에 경비원 중 한 사람이 화들짝 놀라며 자신이 함께 들어가겠다고 말했다. 그러나 태수는 내가 고등학교 동창이며 정신적으로 문제가 있어서 치료 중에 있을 뿐 아주 나쁜 사람은 아니니 걱정 말라고 했다. 경비원 둘은 알겠다고 대답했지만 여전히 불안한 듯 주위를 서성였다. 아영이 커피를 들고서 들어왔다. 그녀는 나의 눈을 피하지 않고 정면으로 바라보았는데 그것이 나에게는 꽤나 큰 위로가 되었다. 그런 내 시선을 눈치챈 것인지 태수가 책상을 손가락으로 두 번 톡톡 하고 내리쳤다. 그리고는 매서운 눈으로 나를 노려보고 있었다. 더 이상 그것이 나에게 위협적이지는 않았다. 다만 내 안에서 강렬한 무언가가 솟아나고 있었을 뿐이다. 태수는 커피를 한 모금 마시며 몇 번이고 내 이름을 중얼거렸다.

"사직서에 서명 아직 안 했더라? 인사팀이 너 찾고 난리던데. 고작 도망친 곳이 여기야? 왜, 곧 죽어도 포기는 못 하겠니?"

그는 한꺼번에 많은 질문들을 퍼부어 댔고, 나는 그 무엇 하나에도 대답할 생각이 없었다. 태수는 두 손으로 머리카락을 가지런하게 뒤로 넘겨 보이며 조금 더 내리 깔은 목소리로 내게 물었다.

"억울해? 네가 열심히 일군 모든 것들을 내가 빼앗았다고 생각하는 거는 아니지?"

나는 여전히 입을 다물고서 아무 말도 하지 않았다. 눈앞에서 싸늘하게 식어가고 있는 커피로 손을 뻗었다. 목이 텁텁하고 간지러워서 견딜 수가 없었다. 그러자 그자 갑자기 벌떡 일어나며 테이블 주위를 맴돌았다. 그때마다 그의 구두 뒷굽이 대리석과 닿으며 딱딱 하는 규칙적인 소리가 들려왔다. 그는 피식하고 웃어 보이며 구석 한편에 놓인 박스 속에서 노트를 들고 내게 다가왔다. 그리고는 웃음기를 싹 없앤 채 내 앞에서 검정색 노트를 흔들어 보이며 말했다.

"이게 뭘까?"

그것은 내가 사원 시절부터 써오던 일지였다. 아주 작은 것들부터 시작해서 상사가 하는 말은 하나도 빠짐없이 전부 기록해두었다. 나는 그에게 그것을 읽어보았느냐고 물었다. 그러자 그는 아니라고 말하며 비웃음이 섞인 말투로 덧붙였다.

"이 세상에는 흥미로운 것들이 아주 많아. 진대야. 시시함으로 똘똘 뭉친 너의 이야기를 들여다보기에는 너무 많은 것들이 순식간에 변하고 있거든. 세상도, 사람도 말이야."

그리고는 노트를 휙 하고 던져버렸다. 그리고는 말하기를 자신이 원하는 것은 그게 무엇이든 가질 수 있다고 했다. 그는 몸을 기울여 내 쪽으로 조금 다가오며 속삭였다. 나는 그가 두려웠던 것은 아니지만 다리에서 약간의 떨림이 일었다. 태수는 그런 나를 바라보다 사무실 밖을 향해 고개를 돌렸다.

"저 밖에 있는 사람들을 봐. 내가 이름 한 번 부르면 바로 달려와 내게 충성을 맹세하지. 원한다면 직접 눈으로 확인시켜줄 수도 있어. 단 몇 초뿐일 나의 장난이 너를 이곳으로 다시는 들어오지 못하게 만들 수도 있다는 뜻이야. 재미있는 것을 말해줄까? 저런 사람들은 돈 몇 푼 올려주면 주말도 자진해서 헌납하고, 직급을 위해서라면 가족이고 소중한 사람이고 사정없이 짓밟아. 누가 시키지도 않았는데 말이야. 그리고는 그렇게 말할 거야. 어쩔 수 없었다고. 그런데 진대야. 네가 대답해봐. 이 세상에 어쩔 수 없는 게 있어?"

그는 한쪽 입꼬리를 올리며 눈을 매섭게 치켜세웠다. 솔직하자면 나를 염두에 두고 한 말이라는 사실을 알아채는 것은 그리 어려운 일이 아니었다. 나 또한 단 둘이 방에 있어도 아무런 일이 일어나지 않을 수밖에 없는 이유를 잘 알고 있었다. 사무실 안이 더웠고, 히터가 틀어져 있던 탓에 땀이 눈물처럼 흐르고 있었다.

머리가 아팠지만 정신은 또렷했다. 느릿한 손길로 입고 있던 외투를 벗어 던지면서도 이곳으로 올라온 것이 정말 현명했는지를 다시 한 번 생각했다. 하지만 이대로 밖을 나선다면 더욱 우스운 꼴이 될 터였기에 이도 저도 못하고 있었다. 내가 아무런 대답을 하지 않았음에도 그는 혼자서 떠들기를 멈추지 않았다.

"내가 말해주지. 이 세상에 어쩔 수 없는 건 없어. 그렇지만 나는 그것을 나쁘게 보지 않아. 너 같은 애송이들은 의외로 강한 생명력을 가져서 이렇게 죽이려고 탁! 쳐도"

다소 격양된 목소리로 자신의 왼팔을 들어 책상을 내리쳤다. 그 움직임이 어찌나 활발하던지 쿵 하는 엄청난 굉음이 방 안에 울려 나의 두 어깨가 잠깐 들썩거렸다. 뿐만이랴, 온몸을 타고 찌릿함이 퍼져 가슴이 쉴 새 없이 쿵쾅거렸다. 마치 주인에게 혼이 난 애완견 마냥 축 늘어진 자세로 굳어져 움직이지 못했다. 그런 나는 신경 쓰지 않는다는 듯 입가에 미소를 머금으며 말했다.

"안 죽고, 다시 기어 다니지. 지금처럼 말이야."

그러면서 다소 차분한 목소리로 말하길 자신의 그릇을 넓히기 위해서 타인을 이용할 줄 아는 건 인간이 선택할 수 있는 가장 지혜로운 방법이라고 했다. 나는 그가 하는 어떤 인간의 생명력이라든가, 지혜라든가 그런 종류의 이야기에 큰 관심이 없었다. 몸을 곧게 펴고서 다시 방 안을 천천히 맴돌던 그가 두 손을 내 어깨에 터억 하고 두었다. 그 바람에 목덜미에 얌전히 맺혀 있던 땀들이 등을 타고 빠르게 내려왔다. 익숙한 목소리가 들려온 것도 그때였다.

"아작을 내버려. 서서히 숨통을 조이고, 눈조차 제대로 뜨지 못하게 마구잡이로 얼굴을 할퀴어버려. 입술은 피의 색깔로 물들여 버리고 꼿꼿이 서 있는 저 잘난 두 다리를 두 동강 내 엎드리게 만들어. 네 앞에서 무너진 저 인간의 모습, 상상만 해도 행복하지 않아?"

확실히 그러했다. 그의 말을 들으며 안에서 들끓는 분노들이 애간장을 태우듯 서서히 올라왔다. 그와는 상반된 여유로운 모습의 태수가 가벼이 목을 두어 바퀴 돌려 보였다. 마치 뜨거운 여름날 파도 속을 멋지게 헤엄쳐 보일 한 명의 선수처럼 보였다. 장난스러웠지만 진지했고, 미소를 띠고 있었지만 험상궂었다. 그는 테이블에 걸터앉아 긴 다리를 앞으로 쭈욱 뻗으며 고개는 하늘을 향하는 자세를 취했다. 그 덕에 더 이상 나를 내려다보는 것이 아닌 정면으로 그를 마주할 수 있었다. 흔히들 사람의 눈동자는 아름다워 보석을 심어놓은 것 같다고들 하지만 태수의 경우는 달랐다. 뭐라고 해야 할까, 녹슨 납 혹은 오래되어 색이 변질된 커피와도 비슷한 느낌이 강했다. 말하자면, 차갑고 바라볼수록 상대방까지도 얼어붙게 만드는 초인적인 힘을 지니고 있었다.

"단순히 내가 너의 첫 짝꿍이었기 때문이야?"

나는 그에게서 시선을 피하지 않은 채 물었다. 그의 눈동자가 아주 잠시 흔들렸지만 이내 평정심을 되찾은 듯 커다랗게 숨을 내쉬었다. 책장 유리 사이로 우리 둘의 모습이 나란히 비치고 있었다. 유난히 그의 얼굴이 창백해 보이는 이유는 단순한 빛 때문만은 아니었으리라. 어쩌면 나의 붉어진 얼굴이 그를 더욱 우윳빛 피부로 만들어 주고 있었는지도 모를 일이었다. 나는 그가 눈가에 물기를 머금은 적은 있을지 궁금해졌고, 그러한 나의 호기심은 그의 목소리에서 묻어난 진심과 함께 쓸려 나갔다.

"말했잖아. 나는 네가 싫다고. 더 많은 이유가 필요해? 네가 명심해야 할 단 한 가지 진실은, 이 세상이 무너진다고 해도 네가 나를 이기는 날은 오지 않는다는 거야. 그러니까 얌전히 사라지면 돼. 유치하게 이런 팔찌 따위에 의존하지도 말고."

그는 아주 잽싸게 내 손목을 잡더니 무작위로 팔찌를 잡아 당겼다. 그 바람에 다소 느슨해져 너덜거리던 팔찌가 끊어져 바닥에 내동댕이쳐졌다. 머리에서 쿵쾅거림이 더욱 거세졌고, 유지하고 있던 어떠한 무언가가 무너졌다. 통제력을 완전히 상실했고, 내가 무슨 짓을 저지르고 있는지 파악할 무렵에는 이미 나의 두 손이 그의 목덜미를 잡고 있었다. 태수는 나의 돌발적인 행동에 다소 당황한 듯 한 발짝 물러났다. 의자가 덜컹 거리며 테이블과 부딪히며 동시다발적으로 커다란 소음이 났다. 그는 가소롭다는 듯 미소를 짓고 있었지만 두 눈동자는 확실히 흔들리고 있었다. 큰 소란이 나면 밖에서 필시 누군가가 들어오리란 것을 알았지만 그런 것은 전혀 개의치 않았다 그때 내 머리 속에는 가지의 생각만이 스쳤고, 때 맞춰 들려온 목소리도 나에게 힘을 실어주고 있었다.

"죄책감 따위는 무시해도 좋아. 엉덩이에 수많은 구멍을 내고 다리를 짓밟던 때를 생각해. 너의 노력과 추억을 바닥에 던져 버리는 녀석에게 마음껏 너의 분노를 뿜어내."

그랬다. 지금 이 상황이 현실이든 가상이든지 간에 오랫동안 나를 괴롭힌 고통은 여기서 멈춰져야 했다. 태수의 불규칙한 호흡이 내 얼굴을 향해 뜨겁게 전해졌다. 얼마나 긴장 상태에 놓여 있는지가 귀로 눈으로 내 피부로 온전히 전해지고 있었다. 그러나 그의 쇳덩이 같은 두 눈동자만큼은 여전히 나를 피하지 않았다. 이슬처럼 맺혀 있던 땀방울이 내 손등에 떨어졌지만 누구의 것인지 알 수가 없었다.

"그래 봤자야. 이곳에 너를 감싸주는 사람은 아무도 없어. 옛날에 겪어봐서 알잖아. 경험을 했으면 습득을 해야지. 안 그래?"

그는 목덜미 부근에 놓여있던 내 팔을 잡고서 바닥을 향해 휙 하고 내다 던졌다. 그 탓에 오른팔이 한 바퀴 휘잉 소리를 내며 나가떨어졌다. 온몸에 힘이 빠졌고, 몸이 달달 떨렸다. 그의 건방진 조잘거림 때문이 아니었다. 그의 앞에 서 있던 부정할 수 없는 나의 무력함을 마주했기 때문이었다. 결국 모든 것들 앞에서 나는 철저한 벙어리가 될 뿐이었다. 그제야 밖에 있던 다른 이들이 눈에 들어왔다. 모두가 한마음 한뜻으로 나를 경멸하고 있었다. 지쳤고 다리는 후들거림을 견디지 못해 스스로 주저앉았다. 밖에서 나를 차갑게 바라보는 솔이와 아영의 모습이 나란히 눈에 들어왔다. 마치 외딴 섬에 혼자 남겨지듯 아무런 힘이 없었고, 방향을 알 수도 없었다. 정말로 그러했다. 이곳에 속했었지만, 더 이상 속하지 않았다. 내 세상에서 나는 이방인이 된 듯한 이상한 기분이었다. 태수는 구겨진 옷가지가 마음에 안 드는 듯 자신의 옷을 짜증스럽게 탁탁 쳐냈다. 창문에서 들어온 빛이 공기 중에 섞여 있던 먼지들을 선명하게 보여주고 있었다. 어린 시절 내 눈에 아른거리던 그것들을 잡아보기 위해 손을 뻗은 적이 있다. 그러면 내 손바람 혹은 다른 무언가를 타고 또 다른 곳으로 가버리고는 했다. 지금은 밖에 있는 동료들이 나에게는 그런 먼지와도 같았다. 내 곁에 머물면서 손을 뻗으면 놀리듯이 어디론가 사라져 버렸다. 다시 한 번 손등으로 투명한 액체가 떨어졌지만 이번에는 땀방울이 아니었다. 눈물이 뜨거운 양 볼을 타고 미끄러져 내려올 동안 나는 날아다니는 먼지를 멍하니 바라볼 뿐이었다.

"세상 사람들이 너를 미워하는 걸 너무 내 탓으로 돌리지는 마. 세상이 이렇게 만들어 진 것은 내 잘못이 아니야. 능력이 부족한 딱 그 정도의 인간이 되기로 결정한 것도, 오직 너를 위해 다른 사람을 짓밟은 것도 전부 너였어, 오진대."

그러면서 말하길 솔이는 진즉에 진급을 했어야 마땅했으며 자신은 정의를 위한 것뿐이라는 것이다. 눈에 안개가 낀 것처럼 뿌옇다가 또렷해지기를 반복했다. 비린 피 맛이 혀끝을 타고 입속으로 들어왔다. 입술을 꽉 문 탓에 입술 사이가 벌어지면서 적지 않은 피가 흐르고 있었다. 그제야 자리에서 비틀거리며 일어났다. 그는 어깨를 한 번 으쓱해 보이더니 성큼 자신의 책상으로 걸음을 옮겼다. 책상에 놓인 것에 무어라 쓰고는 그것을 나의 물건들이 담겨 있던 상자 안으로 무심하게 던졌다. 사직서였다. 손에서 무력하게 펄럭거리는 그것을 힘껏 구겨 버리고는 나의 모든 힘을 실어 그의 얼굴을 향해 나를 내던졌다.

제2부

나의 영혼

나는 신도 아니고, 어떠한 영화의 주인공도 아니다. 그저 '오진대'라는 평범하기 짝이 없는 이름을 가진 한 남자에 불과하다. 누군가 그런 내게 다가와 종교가 무엇이냐 물은 적이 있다. 종교에 대해 직접적인 언급은 삼가는 편이지만 무엇이 되었든 이에 대해 이상한 반감을 가지지는 말기를 바란다. 나 또한 나의 종교가 무엇인지 지금도 쉽사리 이야기하지 못하니 말이다. 그러나 만일 신의 존재를 믿느냐고 묻는다면 나는 그럴 수도 있다고 대답하겠다. 그 영역이 정확하게 규명되지만 않는다면 말이다. 그러한 연유로 신께 여쭤봅니다. 나의 다음 여정은 어디인가요. 내가 겪었던 일에 대해 나는 여전히 믿지 못한다. 앞으로 일어날 일에 대해서는 더욱이 장담할 수 없다. 차가운 세상에는 뜨거운 가슴을, 냉랭한 사람들에게는 온화한 미소를 짓는 것이 이토록 어려운 일이었던가. 그것만이 내가 이 세상을 위해 할 수 있는 전부이다. 우리의 인생은 산들바람과도 같아 지나가는 모든 것들과 가벼이 인사를 할 수도 있을 법한데, 하지만 왜일까. 많은 이들이 태풍이 되고 싶어 한다. 그 소용돌이 안에 사는 우리는 다른 이들을 향한 적개심과 질투심을 갖고 최선을 다해 서로가 일구어낸 꽃밭을 허물어 버린다. 그것은 개인간이 벌이는 투쟁. 그러한 탓에 우리와 관계하는 모든 것들에게 진실된 인사를 건네는 것이 어렵다. 그것은 불공정한 세상과 맞서 싸우는 일만큼이나 어려운 일이다. 그러나 우리는 우리의 인생을 아름다운 절정에서 끝맺을 수 있는 권한을 갖고 있지 않은가. 그것은 오로지 인간만이 가능하다. 어떤 알 수 없는 이는 인간이 세상에서 가장 어리석다고 말했지만 말이다. 나는 그를 미워하지 않는다. 그 이유를 말하기 위한 나의 이야기를 계속해볼까 한다.

그때 나를 깨운 것은 귓가에 익숙하게 맴돌던 한 목소리였다.

"이봐, 눈을 떠."

그것은 다정했고, 포근했다. 목소리 자체가 나긋한 것은 아니었다. 오히려 그 반대였다. 감기에 걸린 듯 다소 쉰 목소리처럼 들렸고, 여자인지 남자인지조차 분간이 안 갔다. 어쩌면 남자 쪽에 더 가깝다고 해도 되겠다.

"장담하건대 두 눈을 총명히 뜨고 있어. 그런데 아무것도 보이지 않아."

내가 말했다. 피로감은 사라진 뒤였다. 오히려 이제 막 아침 조깅을 끝냈을 때처럼 정신이 맑다 못해 깨끗했다. 눈을 떴을 때 내 눈 앞에 펼쳐진 것은 아무것도 없었다. 그저 캄캄한 암흑에 희미한 별빛 하나조차도 보이지 않았다. 실제로 그러했다. 내가 가진 섬세함과 집중력을 총동원해서 주변을 둘러보았지만 마치 정말 눈을 감고 있기라도 한 듯 완벽한 검정색 배경이 이어질 뿐이었다.

"다시 꿈속으로 들어오기라도 한 거야? 그게 아니면…."

머릿속으로 내가 커다란 사고라도 당해서 죽은 것은 아닐까 하는 생각이 들었지만 입 밖으로 내뱉지는 않았다. 천천히 양손으로 내 몸을 더듬어보았다. 잠에서 깨어나면 붉게 자리 잡혀 있던 상처들 위에 검정색으로 딱지가 돋아 있었다. 더 이상 건드려도 아프지 않았다. 어디 성한 곳도 그렇다고 핏방울이 흘러나오는 곳조차도 발견할 수 없었다. 잠시 다소 진지한 마음으로 마지막 장면을 천천히 더듬어보았다. 기억 속에서 나의 마지막은 분명히 화를 참지 못해 태수에게 내 몸을 날렸고 내 얼굴이 그의 가슴팍에 부딪혔었다.

"그렇다면 이곳은 태수의 꿈속인 것인가 혹은 태수의 마음속일까. 그것도 아니라면…."

이번에도 역시 마지막 말은 내뱉을 수 없었다. 나도 나를 몰랐기 때문이었다.

"도대체, 누구야?"

내가 물었다.

"내가 누구인지는 알 필요가 없어. 전혀 중요하지도 않지. 인간들은 중요한 것만 신경 쓰니까. 나의 존재가 너에게 중요하지 않다면 알아야 할 필요조차도 존재하지 않지."

그와 동시에 주변에서 물방울이 떨어지는 소리가 났다. 평소라면 지나쳤을 수도꼭지에서 떨어지는 듯 비슷한 무언가와 같았다. 육안으로 확인되지는 않지만 분명히 그러했다. 마음을 진정하고 심호흡을 한 뒤 두 눈을 지그시 감았다. 얼마 지나지 않아 일종의 웃음소리와 어딘가 그리웠던 목소리들이 한데 어우러져 희미하게 들려오기 시작했다. 밝은 불빛에 얕은 신음을 흘리며 귀를 더욱 쫑긋 세웠다. 눈을 떴을 바로 그 순간에 너무 강렬한 불빛에 압도 되어 실눈을 떠야만 했다. 그리고는 그 자리에 가만히 서 있어야만 했다. 마치 숨을 제대로 쉬는 방법조차도 모르는 사람처럼 가파르고 불규칙적으로 가슴팍이 들썩이기를 반복했다. 내 양

옆으로 솔이와 예찬이 마주 보고 앉아 카드 게임을 하는 것이 보인 것은 내 두 눈이 빛에 완전히 적응한 후였다

"이번에는 내가 이겼다!"

"일부러 진 거야. 너 속상해하지 말라고."

"거짓말!"

솔이는 마룻바닥에 앉아 검정색 실크 잠옷을 입고 있었다. 예찬 또한 작은 적갈색 곰돌이 자수가 새겨진 쥐색 후드티에 검정색 반바지를 입고 있었지만 그것은 그에게 나름 꾸민 것이라 할 수 있었다. 기억한다. 유난히도 더워서 숨까지 막히던 8월 초 저녁, 솔이의 승진을 축하하기 위해 집에서 다 같이 파티를 하던 때였다. 사전 계획이라는 것이 없는 예찬이 서울로 놀러 왔다가 돌아가기 전 마지막 밤이기도 했다. 솔이는 일전부터 나의 가장 친한 친구들을 보고 싶다는 말을 했었기에 스스럼없이 예찬을 소개해주었다. 두 사람은 생각보다 공통점이 많았다. 웃음이 많고 밝은 데다 장난스러움으로는 누구에게 승기를 들어야 할지 모를 정도였다. 마치 오래 전부터 알고 지낸 사이처럼 빠른 속도로 친해지는 데에는 양주가 한몫했다. 예찬은 아버지가 서울을 간다는 말에 손수 담그신 인삼주를 가져다 나에게 주고 오라고 했다며

그가 다시 한 번 다 같이 바다낚시를 가고 싶어 하신다는 메모도 잊지 않았다. 나는 그 말에 지금은 어렵고 안정을 찾으면 꼭 그렇게 하자는 말로 에둘렀다. 게임을 하면서 예찬은 학창 시절 내가 얼마나 철부지 소년이었는지를 떠들어댔다. 나는 창피한 나의 과거를 들추는 그의 등짝을 때려댔지만 솔이는 그의 이야기에 무척 관심을 갖는 듯 두 눈을 반짝여 보였다.

"알았어, 장난 안 칠게. 이리 와서 앉아, 얼른."

그들의 모습을 멍하니 바라보던 나의 손을 잡아끌었다. 힘없이 주저앉고 말았지만 그들은 개의치 않고 카드를 마구잡이로 뒤섞기 시작했다. 다시금 주변을 둘러보는데 우리 말고는 아무도 존재하지 않았다. 마치 온통 그늘뿐인 곳에 한 줄기 빛이 들어와서 우리를 감싸주는 듯한 따스함이 느껴졌다.

"있잖아, 나."

두 사람의 땅에 놓인 카드에 향하던 시선이 나에게 집중되었다.

"나 정말로 미친 것 같아."

그들은 나와 서로의 얼굴을 번갈아 보더니 입꼬리를 씰룩거렸다. 웃음 참기에 먼저 실패한 쪽은 예찬이었다. 그는 한껏 앞쪽으로 내밀고 있던 상체를 뒤로 젖혀가며 커다랗게 웃어 댔다. 그러자 옆에 있던 솔이도 내 허벅지를 툭툭 쳐 대며 웃어 보였다. 그 바람에 옆에 놓인 와인이 쏟아져 나의 다리 사이로 흘렀다. 나는 벌떡 자리에서 일어섰다.

"괜찮아?"

라며 고개를 들었을 무렵 그들은 이미 사라진 뒤였다. 내 눈앞에는 다만 제멋대로 널브러져 있는 카드들만 처량하게 보일 뿐이었다. 다리에 와인이 끈적하게 달라붙어 굳어지고 있었고, 닦아낼 생각은 하지 않았다. 나는 그들이 내 옆에 있었을 때 느꼈던 감정에 조금 더 집중했다. 그리고 두 사람의 행방을 찾기 위해 어둠 속을 걷기 시작했다. 물방울 소리가 더욱 더 커다랗게 들려온 것도 그때였다. 방향을 정확히 알 수는 없었는데 정확하고 규칙적으로 내 귓가에 계속해서 날아왔다. 나는 맨 바닥으로 바닥을 저벅저벅 걷는데 차가운 콘크리트나 딱딱한 구두 바닥이 아닌 마치 뜨겁게 달궈져 있는 스펀지를 밟는 듯 부드럽고 편안했다. 나는 그 기분을 느끼며 좀 전에 보았던 솔이의 미소를 떠올렸다. 해맑고 천진난만하던 그 웃음에 빠져 나의 모든 것을 주려고 했었던 시절들의 기억들이 미사일처럼 다가와 머릿속을 어지럽히고 있었다. 그러나 그것이 싫지 않았기에 억지로 떨구어 내려고 노력하지 않았다. 얼마간의 시간이 흘렀는지도 알 길 없이 나는 정처 없이 걷기를 포기했다. 종아리가 저리고 바들거려 도저히 움직일 수가 없었다. 더구나 주변에는 아까 보았던 것과 같은 빛조차 없지 않은가. 그 자리에 털썩 하고 주저앉아 이번에는 예찬과의 기억을 떠올렸다. 결국 그의 아버지가 언급했던 바다낚시에 대한 약속은 지키지 못했었다. 예찬의 아버지는 당뇨와 합병증에 시들하시다 결국 요양 병원으로 옮겨졌다. 물론 바닷가로 가지 못한 것이 비단 그것만의 이유는 아니었다.

"그러면, 이유가 뭔데?"

또 그 놈이었다. 이제는 편안함마저도 들었다. 결코 눈앞에 모습을 드러내는 일이 없었지만 오히려 좋았다. 어딘가에 세워진 투명한 벽, 그도 아니면 허공에 뱉어내는 독백에 불과했지만 훨씬 낫다고 생각했다. 뭐라고 해야 할까, 나의 이야기를 들어주는 수호천사 같기도 했다. 만일 그런 것이 정말 존재한다면 말이다. 어쨌든 나는 아직도 끈적거림이 심하게 남아 있는 양다리를 내려보며 말했다.

"나한테는 예찬이가 제일 친한 친구지만, 그 아이에게는 내가 그 정도의 존재가 아니야. 도리어 나를 안타까워 하지. 내가 그를 동경할 때, 그는 나를 동정하고 있었으니 말이야. 아버지가 돌아가신 후로, 그의 태도는 더욱 견고하고 단호해. 예전의 그 장난스러움은 찾을 수가 없어."

그러자 그는 그때를 그리워하고 있는 것이냐고 물었고, 나는 그렇다고 대답했다. 이제 예찬과 함께 있어도 일전에 느꼈던 편안함을 느끼지 못한다고 덧붙이는 순간 서러웠다. 그것은 어쩌면 어둠 속에 혼자 남겨진 나를 마주했기 때문이었는지도 몰랐다.

"결코 이런 결말을 원했던 것은 아니야. 앞으로 달려갈수록 오히려 길을 잃었어. 막다른 길인 줄도 모르고 무작정 내달렸지. 그러나 멈출 수 없었어. 너무 멀리 왔거니와 내가 어디에 있는지 생각하기 위해 잠시 멈추기라도 하면 뒤에서 달려오던 누군가가 나를 밀쳐 낼까 두려웠거든. 그렇게 매일을 살았지."

나는 좀 전 까지 느꼈던 그 기분을 다시 한 번 느끼고 싶었다. 바닥은 침대에 비할 것이 못되었지만 나름 푹신했고 이곳에 온몸을 내맡기면 금방이라도 잠에 들 것 같았다. 그런 생각을 하며 몸을 웅크린 채 팔을 괴고 누웠다. 이번에는 어린 여자아이의 목소리가 가까이 다가와 귀에 꽂혔다.

"가위, 바위, 보!"

"아싸, 오늘은 김치전이에요, 아버지."

"내가 너를 어떻게 말리겠냐. 그래 좋다. 오늘은 김치전이다."

그와 동시에 우당탕탕 하는 소리가 나며 땅이 얕게 울렸다. 그 탓에 괴고 있던 팔이 내 얼굴을 몇 번이고 쳐 댔다. 아픔을 이기지 못해 인상을 찡그리며 눈을 떴을 무렵 방문이 덜컥 하고 열렸다.

"오빠!"

머리를 질끈 묶어 올린 진아가 나를 불렀다. 그러며 자신이 아버지와의 내기에서 이겨 오늘 간식은 내가 좋아하는 김치전이라고 했다. 나는 그녀를 멀뚱히 바라보았다. 정확히 몇 살 때였는지 정확히 기억할 수가 없었다. 다만 분홍색 뿔테 안경을 쓰고 있는 것을 통해 그녀가 3학년 정도 되었을 것이라고 추측했다. 우리 둘은 나이 차이가 나는 데에 비해 취향은 비슷했다. 그녀는 나를 무척 잘 따랐고, 뒤늦게 얻은 딸이었기에 부모님의 사랑과 정성이 대단했다. 나는 그녀에게서 시선을 거두지 못하였다. 그러자 내게 얼굴을 들이밀며 말했다.

"눈싸움을 하고 싶은 거야?"

그녀는 장난스럽게 웃어 보이며 잠시 질끈 감던 두 눈을 막 커다랗게 떠 보였다. 바로 눈앞에 놓인 그녀의 검은 눈동자는 마치 검은색 달빛처럼 아름다워 보였다. 햇볕에 그을린 양 볼 위로 홍조가 올라와 있었는데 예전에 그것을 보며 날아다니는 호빵 캐릭터를 닮았다고 놀리고는 하였던 것이 생각나 웃음을 터뜨렸다.

"눈 깜박했어, 내가 이긴 거야."

진아의 말에 나는 그렇다고 대답하며 연신 미소를 감추지 못했다. 그녀는 다소 고르지 못한 하얀 치아를 내 보였다. 그 덕에 그녀의 10살 때의 모습이 맞다고 확신했다. 4학년이 되던 해에 친구들에게 치아 관련하여 놀림을 받기 시작했는데, 속상해하는 그녀에게 아버지는 5학년이 되던 해에 반드시 교정을 해주겠다고 약속했기 때문이다. 동생의 어리광이 본격적으로 심해진 것은 바로 그 이후였던 것을 정확히 기억하고 있다. 문틈 사이로 맛있는 냄새가 스멀스멀 올라와 내 코 속을 자극했다. 그와 동시에 엄청난 배고픔이 느껴졌다. 바닥은 시원했지만 그보다 더 시원한 바람이 반쯤 열린 창문 틈 사이로 들어오고 있었다. 진아는 어느 새 나를 덮고 있던 이불을 끌어다 자신의 몸에 둘둘 감아 대고 있었다. 그러고는 "김밥이야."라고 말했다. 그 모습을 가만히 지켜보던 내 입술 위로 뜨거운 액체가 미끄러져 내려갔다. 바들 떨리는 탓에 짠 맛이 혀를 타고 느껴졌다. 아무런 몸짓을 하고 있지 않았지만 제대로 숨을 쉬기가 어려워 몸이 들썩거렸다. 그런 나의 모습을 가만히 바라보던 진아는 멀뚱히 나를 바라보았다. 마치 내가 이러는 이유를 전혀 알지 못하는 듯한 표정이었다. 나는 오른손을 들어 제멋대로 흘러나온 눈물과 콧물을 동시에 훔쳐 내려갔다. 진아의 온기가 온몸으로 전해진 것도 그때였다.

"울지 마, 오빠. 내가 있잖아."

그렇게 말하며 나의 등을 토닥거렸다. 엄마가 자신에게 보인 행동을 나에게 그대로 재연해주기라도 하듯 다정함이 배어 있었다. 작은 손으로 나의 등 중앙 부분을 같은 속도로 두드리는 것이 느껴졌다. 나에게 안겨 있는 그녀의 조그마한 몸에서 산뜻한 향기가 풍겨 왔다. 막 빨래가 끝난 옷을 입었을 때의 깨끗함 같기도 했다. 나는 아무런 말도 하지 않았지만 처음 느껴 보는 감정처럼 느껴졌다. 그와 동시에 나는 그녀를 사랑으로 안아준 적이 있는지 떠올려 보았다. 엄마가 다가온 것도 그때였다. 어떠한 말을 건네려다 우리 둘의 모습을 보고서 잠시 멈춘 듯했다. 오른손에는 허연 밀가루 반죽이 묻어 있는 거품 채를 들고 있었다. 와이어가

고르지 못한 채 살짝 구부러져 있었는데 엄마는 아직 쓸 만하다며 내가 성인이 될 때까지 바꾸지 않았던 것으로 기억한다. 흰 머리가 군데군데 보이기는 했지만 훨씬 앳된 얼굴을 하고 있었다. 피부도 훨씬 하얗고 살집도 조금 더 있었다. 그녀는 틈새로 나와 진아를 살짝 엿보고서는 문에 바짝 기대어 말했다.

"식기 전에 어서 나오렴."

진아는 좋다며 그 자리에서 몸을 부비적거렸고, 나에게 안겨 있던 제 몸을 일으키기 위해 안간힘을 쓰는 듯했다. 눈물은 여전히 흐르고 있었다. 그녀와는 다르게 나는 한 발짝도 움직일 수가 없었다. 아까처럼 내가 잠시 시선을 돌리면 또 다른 암흑이 펼쳐질 것 같은 불안감이 엄습했다. 나에게서 멀어지려는 진아의 손을 빠르게 낚아챘다. 손은 이미 축축해져 있었다. 그것이 오로지 나의 눈물이었을지 혹은 주체 없이 흐르던 땀인지는 알 수 없었다. 어찌되었든 물기를 가득 머금은 내 손이 자칫 그녀를 놓칠까 손아귀에 더 강한 힘을 주었다. 아파하는 그녀가 보였지만, 놓고 싶지 않았다.

"가지 마, 진아야."

내가 말했다. 그러나 그녀는 연신 아프다며 남은 손과 발을 총

동원해 나를 밀어내고 있었다. 솜털 같은 여린 동작은 더욱 격렬해졌고, 이윽고 눈물을 터뜨려 보였다. 검은색 달덩이를 품고 있는 것처럼 보이던 그녀의 두 눈동자에 눈물이 고이기 시작했다. 그녀는 내 손가락 모양 그대로 붉어진 자신의 팔에 여러 차례 입김을 불어 대며 나를 노려보기를 반복했다. 나는 그녀의 가냘픈 팔목을 바라보다 미안함에 고개를 숙였다. 다시 고개를 들었을 때는 이미 모든 것들이 사라진 뒤였다.

한동안은 그 자리에서 움직이지 못했다. 정처 없이 걸으면 나의 체력만 낭비될 뿐이었다. 피로감이나 배고픔은 느껴지지 않았다. 턱을 타고 수염이 간질이는 탓에 나는 건조하다 못해 푸석해진 얼굴을 마구잡이로 긁어 댔다. 그저 깨끗하게 몸을 씻을 수 있었으면 좋겠다고 생각했다. 뜨거운 욕조에 몸을 담그고서 내 혼을 완벽하게 빼놓을 수 있는 시끄러운 음악도 그리웠다. 나는 이곳에 오게 된 이유에 대해서 떠올리기 위해 애썼다. 그간 나에게 벌어졌던 모든 일들이 우연인지를 묻는다면 그것은 아니라고 생각했다. 그보다도 태수와의 마지막 순간은 현실이었는지, 그렇다면 나는 지금 어디에 와 있는 것인가에 대해 끊임없이 궁리했다.

그러나 그 어떠한 상식으로는 설명이 불가능했다. 상식이 부족한 것이 아니라면 말이다.

"너의 육신은 아직 살아 있어." 그가 말했다. 목소리는 마치 바로 내 옆에 말하는 것처럼 선명했다. 그러나 이에 당황하지는 않았다. 형체 혹은 그 비슷한 불빛조차 보이지도 않았지만 그 자가 말한 대로 그런 것은 더 이상 중요하지 않았다. 설령 존재의 유무가 명확해진다 하더라도 달라지는 것은 없었다. 내가 정말 온전한 정신이 아닐지도 모른다고 생각했지만 일체의 속상함이나 서운함 따위의 감정이 느껴지지 않은 이유도 그 때문이었다. 그 놈의 나의 육신이 살아 있는 둥, 무언가가 나를 필요로 한다는 둥의 말을 지껄여 댔지만 그런 것 또한 내게 와 닿지 않았다. 그런 것들을 다 새겨듣자 하니, 그렇다면 나는 누구이며 나의 육신은 어디에 있는지 그리고 설령 그것이 사실이라 해도 수많은 인간들 중 왜 하필 나였을까에 대한 물음이 가지처럼 끝도 없이 퍼져 나갔다. 마치 잎사귀 하나 걸쳐지지 않은 못생기고 앙상한 나무와 다를 바가 없었다. 거울을 통해 나를 바라볼 수 있으면 좋겠다는 생각을 잠시 하였지만 이내 거두었다. 이 보다 더한 우울감이나 비참함을 느낄 필요가 전혀 없었기 때문이었다. 다만 좀 전에 느꼈던 기분 좋은 바람이 한 번 더 나를 스치고 지나갔으면 좋겠다고 생각했다. 한두 번씩 맴돌던 물방울 소리는 더 이상 들리지 않았다. 나는 그것이 무엇이었는지 궁금했기에 힘껏 소리쳤다. 나의 목소리는 메아리가 되어 돌아왔지만 그 외 돌아오는 답은 없었다. 나는 엉덩이를 툭툭 쳐내고 가벼이 발걸음을 옮겼다. 조금 걷고 싶었다. 어디를 가도 같은 배경만 나오겠지만 가만히 어둠 속에 앉아 있자니 별안간 커다란 물체가 다가와 나를 집어 삼킬 수도 있겠다는 엉뚱한 생각이 들었기 때문이었다. 몸이 뻣뻣하게 굳어져 있었고 허리가 아팠다. 나는 순간적으로 내가 만일 죽었다면 이런 기분 나쁜 고통에서도 벗어나야 하는 것 아닌가 생각했다. 그런 시시껄렁한 생각들을 하며 걷는데 멀리서 희미한 불빛이 보였다. 시야에 반사되어 빛이 여러 갈래로 퍼졌다. 그것은 노란색인데다 촛불보다는 밝고 형광등보다는 조금 더 어두워 보였다. 비로소 그것이 가로등이었다는 사실을 알아차리기까지는 그리 긴 시간이 필요하지 않았다. 이런 곳에 가로등이 있는 것이 의아하기는 하였지만 일전에 본 환영들에 비하면 나를 놀라게 하기에 충분치 않았다. 나는 천천히 걸어가 가로등 불빛 바로 앞에서 보였다. 입김이 나고 눈송이가 흩날리기 시작했다. 맨발바닥을 향해 내려오던 눈들은 내가 내뿜는 온도를 이기지 못한 채 녹아버렸다. 괜찮은 차림새는 아니었지만 춥지는 않았다. 그보다는 배고픔을 더 이상 참지 못해 무엇이든 먹었으면 좋겠다고 생각했다. 가로등이 내뿜는 강렬한 빛에 인상을 찡그렸다가 고개를 들어 눈송이가 흩날리는 광경을 바라보았다. 주변은 평온했고, 고요했다. 나는 어두운 장면들만 지속되는 것에 행복한 것은 아니었지만, 그것으로부터 오는 고요가 퍽 싫지는 않았다. 그저 어쩌면 아주 이따금씩 느낄 수 있었던 것들을 무시하며 살아온 것은 아닌지 도리어 의심이 들기 시작했을 뿐이었다. 나의 온 마음을 도시, 그리고 그곳에서 들려온 소음들과 빛깔들이 없는 시컨방진 어둠 속에 점차 익숙해졌다. 이곳의 공기는 그렇게 탁하지도 않고, 너무 춥거나 덥지도 않았다. 하나 같이 아래를 향해 고개를 떨군 이들에게 잘 보이기 위해 애쓸 필요도 없었다. 나는 가지 않을 수 있다면 이대로 이곳에 남고 싶었다. 눈송이들은 자기들끼리 몸을 합세해 내 어깨 위에 매달렸다. 나는 왼손을 들어 가벼이 그것들을 훌훌 털어내 보였다. 그것들이 나를 짓누르고 있었다거나 엄청난 무게를 지니고 있었기 때문은 아니었다.

"이렇게 쉬운 것을."

혼잣말을 중얼거리자 입에서 하얀 연기가 새어 나왔다. 나는 평소에도 자주 다소 독한 향을 가진 하얀 연기를 내뿜었던 시절을 떠올렸다. 그리고는 그저 얼굴 위로 촘촘히 떨어지는 눈송이들을 느끼기 위해 두 눈을 감았다.

“대리님 당첨!”

“저는 짜장면이요. 무조건 곱빼기요.”

“좋아, 오늘은 진대가 사는 거니까 탕수육도 시켜야겠다.”

방금까지 마주했던 조용함과는 정반대로 북적거리는 소음들이 온몸으로 나를 관통했다. 천천히 눈을 뜨자 이번에는 다소 눈에 익은 광경이 펼쳐졌다. 낡은 카펫과 구조를 보건대 인테리어 들어가기 전 자주 사용하던 회의실 안인 듯했다. 그곳에는 여섯 명의 사람들이 있었는데 대부분 내가 사원일 때부터 함께했던 인물들이었다.

“지난번에 과장님 제일 비싼 거 드셨던 것 저 생생히 기억합니다. 이번에는 제 차례라고요. 어디 보자.”

키가 작은 단발머리 여직원이 내 팔을 툭 한 번 치며 말했다. 그리고는 손에 들려 있던 메뉴판으로 시선을 옮겼다. 나의 기억이 맞다면 이들은 전부 향후 정리 해고를 당하거나 다른 곳으로 이

직을 했기에 그해에만 송별회를 4번 정도 참석해야 했고, 그들과의 이별은 나에게 진득한 추억과 그리움을 남겼었다. 친숙했고, 편안했다. 나는 반가움에 그들에게 다가가 포옹을 했다. 마치 막 퇴근하고 집으로 돌아와 침대에 나를 내던졌을 때의 그런 포근함이 고스란히 전해졌다. 그들은 나의 갑작스러운 행동이 아무렇지 않다는 듯 미소를 지어 보였다. 오히려 흥분감에 휩싸인 목소리로 나에게 말하길 얼렁뚱땅 애교로 넘어갈 생각을 하지 말라고 했다. 그제야 점심 내기 사다리 게임에서 졌던 순간이라는 것을 깨달았기에, 다급하게 주머니로 손을 뻗어보았다. 그러나 잡히는 것이 있을 리 만무했다. 나는 그들에게 나중에 갚을 테니 오늘만 다른 사람이 내주면 안 되겠냐고 부탁했다. 그에 대해 대답하는 이는 아무도 없었다. 오히려 부동자세로 그 자리를 지키며 안타깝다는 듯한 동정의 눈길을 나에게 보낼 뿐이었다. 이상한 것은 그것뿐만 아니었다. 몰라보게 달라졌을 나의 모습을 보고도 어떠한 말도 하지 않았다. 더군다나 나는 줄곧 맨발이지 않은가. 그러나 이런 나를 이상하게 바라보는 이는 단 한 명도 없었다. 나의 차림새에 대해 묻는 이도, 나의 안부를 묻는 이도 존재하지 않았다. 나는 서둘러 그 자리를 벗어나기 위해 통로로 향했다. 그곳에는 우리를 제외하고는 아무도 없었으며 바람 한 번 휘잉조차도 엄청난 소음으로 다가올 지경이었다.

"나는 미친 것이 분명해. 저들이 미쳤거나."

그 말을 하며 대리석 바닥을 빠르게 달렸다. 구두 소리 대신 쾅쾅 하는 요란함이 울려 퍼졌다. 기다란 복도를 지나 뒤를 돌았을 무렵, 나는 당혹스러움을 감추지 못한 채 발걸음을 멈추어야만 했다. 그들은 마치 나를 붙잡을 생각조차 하지 않는 듯 그 자리를 지키고 있었는데, 마치 종이가면을 쓴 것처럼 모두가 같은 표정을 짓고 있었기 때문이다. 그 상황을 이해하기까지 조금 시간이 걸렸다. 오히려 나에게서 조금씩 멀어지다 이내 작은 점이 되어버린 것은 그들이었다.

머지않아 환영 같은 이곳에서 깨어나 현실로 돌아갈 수 있으리라 생각했던 것은 나의 오만함이었다. 엘리베이터에 몸을 실은 지 얼마 지나지 않아 거울 속에 비친 나의 모습을 처음으로 마주하였다. 더럽고 추잡스러움을 넘어선 어떤 괴기한 생명체와 진배없었다. 뼈 가죽만 겨우 남아 있는 얼굴에 피부는 축 늘어졌고, 눈가에 핏기는커녕 반대로 실핏줄이 터져 안쪽까지 벌게져 있었다. 입고 있는 하얀색 티셔츠는 적셔진 상태로 구겨져 있었다. 그뿐이랴. 다리에 흘린 와인을 제때 닦아내지 않아 굳어진 상태로 살덩이에 달라붙어 있었다. 온몸을 긁어 대는 것은 습관이라도 된 듯 시도 때도 없이 손톱 날을 세웠다. 살이 패여 피가 흐르는 것이 보였지만 오히려 멈추지 않고 더 큰 자극을 주기도 하였다. 그보다 나를 괴롭게 만든 것은 삐죽빼죽 제멋대로 뻗어진 수염이었다. 그것은 나를 십 년은 나이 들고 음침해 보이게끔 만들기에 충분했다. 거울에 비친 나를 바라보며 오른손을 들어 얼굴을 더듬거렸다. 마치 생기가 빠져 나가 죽기 직전 병상의 누워 있는 사람의 형상처럼 보였기에 조만간 이곳에 영원히 갇힐 것 같은 느낌을 떨칠 수가 없었다. 이제 중요한 것은 아무것도 없었다. 이곳에 온 이유도, 내가 선택 받은 인간이든 아니든지 간에 그것들은 내게 아무런 의미를 갖지 못했다.

"너는 분명히 원했고, 바랐고, 소망했어."

"그랬을지도 모르지."

엘리베이터는 진즉 멈추었지만 그러면서도 내게서 시선을 거두지는 않았다.

"내가 잘못된 걸까?"

내가 말했다. 정말로 누군가에게 묻고자 하는 마음에 내뱉은 것은 아니었다. 어쩌면 그것에 대한 해답은 평생 나오지 못할지도 몰랐다. 다만 나는 미치지 않았고, 잘못된 게 아니라고 스스로 부정하고 싶었다. 엘리베이터가 이따금씩 위잉 하는 소리를 내기는 했지만 내가 듣고자 했던 대답과는 다른 말이 들려왔다.

"인간들은 멍청하고 어리석어. 완벽한 것만을 꿈꾸며 살아가지. 탐욕스러움을 아름다움이라는 이름으로 포장한 채 말이야. 그것이야말로 인간다움을 저버리는 일이라는 사실마저 외면해버려. 그러니 그들의 시선이 타인을 향해 있을 수 밖에."

그 말에 부정하지 않았다. 어쩌면 나 또한 그랬을지 모른다고 생각했기 때문이다. 바닥을 타고 꿉꿉한 냄새가 올라왔지만, 움직이고 싶은 마음은 들지 않았다. 그 놈은 왜 나에게 하필 그 많은 층들 중 지하 2층을 선택했는지에 대해서 묻지 않았다. 그러나, 왜 자신이 한 말에 대해 부정을 하지 않는지에 대해서는 궁금하다고 했다.

"정말로 내가 바랐는지도 몰라. 이런 것을 소망했던 것 같아. 장난을 치며 서로에게 온전한 존재가 되어주는, 서로의 온기를 불어 전해주는, 웃음이 끊이지 않는 그런 세상 말이야. 내가 좋아하는 사람들과 세상의 속세 따위는 멀리 던져버리고 가장 편안한 자세로 이야기를 주고받는, 그런 것들을 원했던 것 같아."

나는 담담히 이야기했다. 그러면서 이곳이 가상이든 현실이든, 꿈속이든 환영이든, 내가 살아 있든 죽었든, 그런 것은 이제 아무래도 좋다고 말했다. 아주 천천히 곱씹으면서 그 어느 때보다 명확하고 확신에 찬 어조로 대답했다. 사실상 이 어둠 속이나 내가 겪어온 세상이나 크게 다르지 않다고 말이다. 그리고는 어딘가로 바쁘게 달아나는 사람들. 그들과 어떤 식으로 조화를 이루어나가야 하며 돈으로 묶여 서열이 정해지는 그런 곳에서 내가 할 수 있는 일이 무엇인지 잘 모르겠다는 말도 덧붙였다. 그는 다시 돌아가고 싶지 않냐고 묻기에, 나는 그런 것 같다고 대답했다.

"예전에 마주했던 소망들이나 꿈들이 나를 살게 했던 시절이 있었어. 하지만 지금은 아니야. 나는 지쳤어."

이곳은 아주 외롭고 나의 모습을 더욱 비극적으로 만들어주고 있지만, 그것은 내가 살던 곳과 조금도 다르지 않기에 나는 이곳도 아주 나쁘지는 않다고 말했다. 다만 배가 너무 고팠기에 아주 맛있는 음식과 샤워를 할 수 있는 뜨거운 물이 있었으면 좋겠다고 생각했다.

엘리베이터에서 내렸어도 달라진 것은 없었다. 결국 계속해서 펼쳐지는 어두움만이 존재했다. 변화한 것이 있다면 혼잣말을 하는 시간이 늘고, 그럴수록 배는 더욱 고파왔으며, 이윽고 걷기를 포기했다는 점이다. 나는 정말로 배가 고팠다. 뱃가죽이 등에 붙다 못해 이곳에 온 이래로 물 한 모금을 마시지 못해 말을 할 때마다 쇳녹 소리와 비슷한 것이 목에서 튀어 나왔다. 건조한 탓이었으리라. 나는 이곳에 온 지 얼마간의 시간이 흘렀는지 궁금했다. 몇 차례고 환영을 마주했다 깨어나기를 반복했다. 눈을 감을 때면 제발 그곳에 물과 음식이 있기를 간절히 바랐다. 기어코 음식에 손을 뻗어 허겁지겁 입으로 넣어도 그곳에서 마주한 사람들은 나에게 그 어떠한 말도 하지 않은 채 똑같은 미소를 보일 뿐이었다. 그들은 나에게 다정했다. 나는 그것이 거짓이라는 것을 알면서도 무시했다. 이제 배고픔은 해결되었지만 여전히 씻는 문제는 해결이 되지 못했다. 그러는 사이 몸에 하나둘 상처가 늘기 시작했다. "기분이 어때?"

그가 물었다. 나는 우울하다고 대답했다. 바라보는 환영은 분명히 내 기억에서 비롯된 것 같은데 그곳에 내가 없는 것 같다는 기분이 든다고 했다. 뭐랄까, 소속감 같은 것을 전혀 느끼지 못하니 그들이 웃고 나에게 잘해줘도 즐거움을 느끼지 못한다고 덧붙였다.

"이곳에 남기로 한 것은 오로지 너의 선택이었어. 누구도 강요한 적이 없지."

그의 말이 아주 틀린 말은 아니었지만, 왠지 모르게 나를 불편하게 만들었다. 나는 누군가가 나를 필요로 해주기를 희망한 적도 없었으며, 소망을 한 적은 있었을지 몰라도 이런 곳에 영원히 갇히게 되는 것을 원한 적은 없었다고 말했다. 그러나 나의 말에 내가 정말 원했던 것이 맞다는 대답만 돌아올 뿐이었다.

"어떤 모습을 하고, 어떤 말을 하든 상관없이 너에게 웃어주는, 네가 좋아했던 사람들을 마주하게 해주는데 무엇이 불만이지?"

그러면서 말하길 원래 있던 곳으로 돌아간다고 한들 좋을 것이 전혀 없다는 것이었다. 그의 말에 의하면 나는 이미 죽은 영혼이기에 몸 안으로 들어가는 것은 내 육신을 더욱 힘들게 할 뿐이라고 말했다. 나는 그것이 내가 들어본 말 중 제일 엉터리이며 멍청한 소리라고 했다.

"내가 나를 원하는지 아닌지는 내가 제일 잘 알아."

라고 말하며 자리에서 일어섰다. 다시 걸어야 할 참이었다. 그

동안 몇 번이고 생각했다. 나는 죽지 않았다고. 그때였다. 커다란 거울 하나가 내 눈앞에 나타난 것이.

각진 거울 하나가 어둠을 타고 하늘 높이 드솟았다. 나는 황당한 표정으로 주위를 둘러보았다. 이번에는 또 무슨 일이 펼쳐질지 알 수가 없었기에 잠자코 거울에 시선을 두고 있었다. 얼마 지나지 않아 침대에 가만히 걸터앉아 있는 나의 모습이 보였다. 육신이 살아 있다는 그 놈의 말이 사실로 증명된 순간이었다. 나와 다른 공간에 있는 나를 가만히 보고 있자니 기분이 이상했다. 거울 속에 나는 천천히 몸을 일으키더니 저벅저벅 힘없이 욕실로 발걸음을 옮기고 있었다. 그러더니 거울에 비친 모습을 바라보며 상처가 난 곳을 훑어보았다. 나는 서둘러 고개를 아래를 떨구어 팔다리를 거칠게 들어보았다. 어둠 속에서 자세히 보이지는 않았지만 분명 내가 만들어낸 흉터들이 육신에도 그대로 있을 뿐이었다. 당혹스러웠기에 어떻게 해야 할지 판단이 서지 않았다.

"아팠을까?"

당연히 누군가가 옆에 있을 것이라 생각하고 물었지만 이제는 메아리조차 들려오지 않았다. 그곳에는 오로지 나와 거울 속에 비친 나만이 존재하고 있었다. 습관적으로 손톱을 세워 어깨를 향하는 나의 팔을 가로막았다. 거울 속에 나는 조금 다른 모습을 하고 있었다. 민소매 차림에 허름한 바지를 입고 있었는데 며칠 동안 밀지 않은 것인지 가늠조차 어려울 정도로 수염이 길게 돋아난 것만은 크게 다르지 않았다. 그보다는 배가 더욱 볼록하게 튀어나오고 머리는 방금 쥐어뜯기라도 한 듯 하늘 위로 솟아 있었다. 다리는 상체와는 반대로 허수아비처럼 얇고 꼿꼿했는데 와인 자국이 묻어 있다거나 하지는 않았다. 나는 여기에서의 내 모습이 저 육신과 어떤 연관성이 있는지 궁금했다. 그래서 허름하기 짝이 없는 내 육신을 향해 있는 힘껏 소리 쳤다.

"나 여기에 있어. 나를 데리고 가줘."

"그래 봤자. 소용없어. 너의 목소리는 저 곳에 닿지 않아."

잠자코 있던 목소리가 다시 들려왔다. 그러나 그런 말은 완벽하게 무시한 채 처절하게 주저앉으며, 나는 죽지 않고 이곳에 있다고 다시 외쳐 댔다. 돌아오는 것은 아무것도 없었다.

"너와 육신을 연결하는 고리가 끊어졌어. 너는 다시 저 곳으로 돌아갈 수도, 이야기를 주고받을 수도 없어. 너는 죽은 거야."

그가 단호히 말했다. 눈물이 흘렀지만 나를 감싸주는 것은 아무것도 없었다. 어떤 따스한 온기 그도 아니면 실오라기 하나 내게 걸쳐지지 않았다. 상실감은 험상궂게 다가와 몇 차례고 내 가슴을 후벼 파고 있었다. 그때 빗방울이 내 손등 위로 떨어지기 시작했다. 차갑지도 뜨겁지도 않은, 거칠지도 부드럽지도 않은 그런 물줄기였다. 하지만 나는 그것이 무엇을 의미하는지 알 수가 없었다.

"죽었다고? 내가 저렇게 버젓이 살아 있잖아. 그렇다면 나는 무엇이지?"

허망하게 내뱉었다. 가만히 주저앉아 무릎을 내 쪽으로 바짝 끌어당기며 그곳에 고개를 파묻었다. 내가 이곳에 온 이유가 고작 내가 죽었다는 말 한마디로 정의가 되었다는 사실을 받아들이

기까지는 시간이 걸렸다. 머지않아 후두둑 하고 내 머리 위로 더 많은 물들이 떨어져 내리기 시작했다. 이윽고 비가 내리고 있다는 사실에 고개를 들어 보였다. 온몸에 서서히 물기가 머금어지자 많은 것들이 씻겨 나가는 듯한 기분에 나는 다리를 주욱 뻗어 보았다. 시원했다. 더 이상 몸에서 알코올 냄새가 나지 않을 터였다.

"너 도대체 정체가 뭐야?" 내가 물었다.

"몇 번을 말해, 그런 것은 전혀 중요하지 않다고."

비열함이 다소 섞인 듯한 낮은 목소리가 주변의 고요함과 만나 작은 울림을 만들어내며 돌아왔다. 아주 작은 속삭임 같으면서도 귓가에 정확히 내리꽂혔기에 쉽게 잊히지도 않았다. 그의 말에 나는 일전에는 중요하지 않았지만 지금은 그렇다고 말했다. 내가 지금까지 겪은 일이 현실이라고 믿기에는 너무 터무니없지만 어쨌든 내가 저렇게 버젓이 살아 있다면 이곳에 있는 나는 누구인지에 대해서도 궁금하다고 했다.

"너는 죽었어."

"아니, 나는 죽지 않았어."

"저기에 있는 것은, 네가 아니야. 너의 육신일 뿐이지. 너는 육신이 내보낸 죽은 영혼일 뿐이야."

나는 그의 말에 사후 세계 같은 것에 대해 들어본 적은 있으나 믿지는 않는다고 대답했다. 물론 지금 상황 대해 설명을 해보라고 한다면 나는 할 말이 없었다. 무엇이 되었든지 간에 이곳이 내가 서 있는 곳이었다. 알고 있는 상식 혹은 가능한 언어를 동원해도 설명이 불가능한 그런 곳에 말이다. 그 놈 말대로 살아 있는 사람들이 살기에는 음침함이 절정에 달한 곳이었다. (가능하다면 진심을 다해 설명할 수 있기를 바란다.) 당시 나는 그럴 수 없었기에 들리는 모든 소리에 귀를 기울이는 수밖에 없었다. 그곳에는 나를 도와줄 수 있는 그 무엇도 존재하지 않았다. 나는 그에게 이곳이 시공간을 넘어선 어떠한 장소인지에 대해서 물으며 만일 그렇다면 나는 앞으로 어떻게 되는지 알고 싶다는 말도 덧붙였다.

"너는 그렇게 잊혀 영원히 사라질 거야. 처음부터 존재하지 않았던 것처럼."

그가 하는 말에 의하면 모든 인간들은 자신 안에 무수히 많은 영혼들을 키우며 생을 보내는데 대부분의 영혼들은 생명력을 잃어 몸에서 빠져나와 일정 시간이 지나면 완전히 잊힌다고 했다.

그리고서는 말하길 수명이 정해진 상태에서 태어나 모든 사람들이 그 수명까지만 살다가 생을 마감하는데 요즈음에는 제 수명까지 사는 인간의 수가 점차 줄어들고 있다는 말도 빼놓지 않았다.

"안에서 키우던 모든 영혼들을 밖으로 내다 버린 인간은 생명력을 잃어 머지않아 죽고 말지. 시체만 남고 말아. 그렇게 자신까지도 파멸에 이르게 만들어. 어리석음을 한마디로 정의 내린다면 그것이야 말로 인간이라 할 수 있지."

나는 그것을 아주 이해하지 못하는 것은 아니었지만 그런 논리가 나와 무슨 관계가 있는 것인지 궁금했다. 그와 동시에 아주 기분 나쁜 웃음소리가 들려 왔다. 그것은 마치 부러진 분필을 세워 들어 칠판을 찌익 하고 긴 선을 긋는 것과 같았다. 부자연스럽고 소름 끼쳤다. 다소 개운하지 못한 웃음소리가 잦아지더니 다시 낮고 굵직한 목소리로 이곳은 사후 세계도, 버려진 영혼들을 모아놓아 소멸시키는 곳도 아니라고 했다. 그와 동시에 내 눈앞에 놓였던 것과 똑같이 생긴 거울들이 기다랗게 줄지어 펼쳐지기 시작했다. 빠른 속도로 촘촘히 뻗어진 거울들은 매섭게 주위를 감싸 들며 내 시선이 닿지 않는 먼 곳까지 퍼져 나갔다. 나는 당혹스러움을 감추지 못한 채 머뭇머뭇 그 자리를 지켰다. 섣불리 움직이면 안 될 것 같았다. 그것이 비단 길을 잃을까 하는 두려움이 아니라 거울에 나타난 모습들 때문이었다. 나는 고개를 높이 들어 하늘 위로까지 솟아난 그것들을 바라보았다. 더 이상 어둡지는 않았다. 조금 더 정확하게는, 더 이상 어두움만 존재하지 않았다고 표현하는 것이 더 맞았다. 보기만 해도 뜨거움이 전해지는 여름날의 도심이 있는가 하면, 찢어질 것 같은 굉음을 내두르는 시골길의 풍경도 있었다. 초등학생이 되고서 처음 마주한 낯선 지역의 공기, 그보다 더한 차가움 속 도심 사람들, 비틀거리며 칠흑처럼 이어진 하늘의 별을 세어 보았던 이십 대의 내 모습까지 속속들이 보이고 있었다. 그제야 나는 조심스럽게 앞을 향해 걸었다.

"기분이 어때?"

그의 말에 나는 입을 다문 채 아무런 대답도 하지 않았다. 어떠한 감정들이 내 안에서 들끓었는데 그것을 말로 설명하기에는 언어가 발전하지 못했다는 생각마저 들었다.

"알고 있어. 인간의 언어로는 설명할 수 없는 것들이지."

그는 마치 나의 생각이 고스란히 전달되고 있다는 듯이 말했다. 그러한 사실에 대해 불쾌함을 느낀 것은 아니다. 오히려 많은 말을 하지 않아도 되어서 좋았다. 실제로 그러했다. 기쁨, 슬픔, 분노, 창피함이 순차적으로 아니 어쩌면 동시다발적으로 느껴졌는데, 이것이 무슨 기분인지조차 말하지 못했다. 내가 그것들을 알려고 하면 할수록 더 난해하게 다가왔기 때문에 나는 생각하기를 그만두었다.

“인간은 그 무엇보다도 생명력이 가장 강력한 존재야. 아름답고 고귀한 생명체지. 그런데 제 수명을 다 살지도 않은 채 죽음으로 이르게 하는 게 무엇인지 알고 있는가? 그것은 바로 서로를 향해 겨누는 칼날이야. 말로, 행동으로 심지어는 다른 흉기까지 꺼내 들고서 말이야. 그것도 최선을 다해 아주 공격적으로 서로를 베어버려.”

그가 말했다. 그 말을 가만히 듣고 있자니 가슴이 답답해져 오는 탓에 숨을 제대로 쉴 수조차 없었다. 고산지대에 서 있을 때처럼 산소가 전달되지 않는 듯한 답답함에 가슴팍이 심하게 흔들거렸다. 심지어 이곳은 나 혼자가 아니던가. 여기저기서 들려오는 말소리에 어지러워 견딜 수가 없었다. 반은 깨어 있고 반은 정말 죽은 것처럼 몽롱했다. 그런 내 마음을 아는지 모르는지 그는 계속해서 떠들었다.

"왼편 중앙에 있는 너를 자세히 봐. 기억나? 너에게 가장 소중하다고 말했던 누군가를 처참히 무너지게 한 순간이야. 영혼 없는 차가운 눈으로 거친 입으로, 진심을 담아 아주 잔인하게."

그 목소리가 가리키는 방향을 따라 시선을 돌렸다. 그곳에는 나와 진아의 모습이 보였다. 비가 아주 많이 내리던 날이었고, 자갈 깔린 어느 한 초가집이었다. 그녀는 검은색 상복에 우산을 쓰고 있었고, 나 또한 검은색 양복을 입었지만 우산을 쓰고 있지는 않았다. 아버지가 돌아가셨던 날이었다. 분명 내가 가진 기억이 맞지만 나의 것이 아니기를 바라기도 했던 장면들이 배려 없이 펼쳐지고 있었다. 당시 그녀는 아버지 없이 혼자 남겨질 엄마 걱정을 많이 했기 때문에 고향으로 내려와 자신들과 같이 살기를 바랐다. 나는 지금 다니는 직장을 그만두고 올 수가 없다고 말하고 있는 대화가 들려왔다.

"직장은 다시 구할 수 있잖아. 아버지 없이 우리 어떻게 하라고."진아가 말했다. 비는 더욱 세차게 내리며 자갈들을 시원하게 적셔 대고 있었다. 나는 추욱 젖어 가라앉은 머리를 짜증스럽게 털어냈다. 그리고는 우산을 가지고 왔어야 했다고 중얼거렸고, 진아는 눈물을 머금고서 나를 바라볼 뿐 그 이상의 말은 언급하지 않았다. 연신 핸드폰을 바라보다 담배를 하나 꺼내 입에 물었다. 그녀의 눈에 아슬아슬 맺혀 있던 눈물들이 떨어지는 것이 보였지만, 나는 허공에 대고 하얀 연기를 내뱉을 뿐이었다. 공기 중에서 비와 만난 연기가 갈피를 잡지 못한 채 머물다 이내 흐릿해지기를 반복했다. 나는 잠시 그것을 바라보다 한껏 진중한 목소리로 사람은 언젠가 모두 죽으며 살아 있는 사람이라도 최선을 다해 살아가야지, 슬픔에 빠져 산다고 해결되는 일이 아니라고 말했다. 나는 축축해져 제 수명을 다하기도 전에 두 동강이 난 담배를 보며 한숨을 내쉬었다. 진아는 고개를 떨군 채 흐느꼈다. 그녀에게 가장 상처가 된 것은 아마 나의 건조하기 짝이 없는 다음 말 때문이었을 것이다.

"하루 머물고 내일 장례가 끝나는 대로 다시 돌아갈 거야. 어쭙잖은 위로보다는 돈을 보내는 것이 어머니에게도 큰 위로가 될 테니까."

"네가 그러고도 인간이야?"

잠자코 있던 그녀가 고개를 높게 들어 보이고는 나를 향해 쏘아붙이고는 자리를 떴다. 그것이 우리의 마지막 대화였다. 나는 그것은 무례했을지도 모른다고 생각했지만 정말 어쩔 수 없었던 선택이었다고 강력하게 말하고 싶었다. 태수의 말이 생각난 것도 같은 순간이었다.

'이 세상에 어쩔 수 없는 게 있어?'

그가 내게 물음을 던졌던 그때에도, 스스로 생각해보는 지금 이 시점에서도 이렇다 할 대답을 내놓지 못하고 있었다. 아닌 게 아니라 이 세상에 어쩔 수 없는 것은 없었기 때문이다. 어떤 마음으로 행했던지 간에 상처를 남기지 않을 수 있는 방법 따위는 존재하지 않았다. 그렇게 생각하니 모든 것들은 덧없음에 실소가 터져 나왔다. 그 생각을 어찌나 길게 하였던지 나는 비가 내리던 것을 한참 뒤에야 눈치챘다. 더 이상 건조하거나 가렵지 않았다. 오른쪽으로 시선을 돌리는 순간 나에게 가만히 안겨 있던 솔이가 눈에 띄었다. 그녀는 살구색 티셔츠 하나를 겨우 입고 있었는데 그 옆에서 잔뜩 굳어져서 허공만 바라보는 내가 보였다. 그녀와 데이트를 한 지 고작 이 주 정도 되었던 때로 추정되었다.

"처음 뵙겠습니다. 임솔이입니다. 잘 부탁드립니다."

내 앞에서 허리를 반쯤 굽혀 보이는 그녀를 처음 보았을 때를 잊을 수 없다. 옆 부서 기획팀 팀장은 내가 직급은 대리이지만 일을 한 지 벌써 6년이 되었기 때문에 많은 도움을 받을 수 있을 것이라 말했다. 솔이는, 눈을 커다랗게 떠 보이며 나에게 미소를 지어 보이던 그녀는 당시 내가 바라본 것들 중 단연코 가장 아름다웠다. 여자를 어떻게 다루어야 할지 몰랐기에 내가 가장 먼저 한 일은 차를 사는 것이었다. 나의 말을 들은 예찬은 차를 사기 위해 이제야 돈을 모은다면 필시 그녀는 다른 사람과 데이트를 할 것이니 지금 당장 차를 사야 한다고 했다. 나는 자동차가 없어도 나의 진심이 닿는다면 괜찮지 않느냐고 물었고 그는 그렇지 않다고 대답했다. 같은 회사를 다니는 많은 이들이 자차를 소유하고 있었기에 나 또한 차가 없다면 그들과의 경쟁에서 질 수도 있겠다는 생각을 은연중 계속해댔다. 그렇게 차를 마련한 덕에 솔이와의 조용한 시간을 많이 보낼 수 있었다. 그것은 정말 잘한 행동이라 할 수 있었다. 나중에 알게 된 사실인데 그녀는 내가 운전에 아주 서툴렀기에 좋았다고 했다. 거울 속 비치는 모습은 바로 집으로 돌아와 그것에 대한 대화를 하던 순간이었다. 나는 그녀에게 부모님이 미국에 계시면 혼자 지내기에 많이 외롭지 않느냐고 물었지만, 그녀는 그렇지 않다고 대답하며 자신의 얼굴을 내 가슴팍에 더욱 격렬하게 대고는 미소를 지었다.

"오히려 좋아. 오빠, 그러지 말고 우리 부모님에게 공개하고 당당하게 만나는 것은 어때?"

라며 한껏 들뜬 목소리로 자신의 부모님이 조금 엄격한 구석은 있지만 어디에 얽매이지 않고 자유로운 사고를 하시는 분들이라고 했다. 나는 그녀의 비단 같은 머리카락을 한 번 쓰다듬고는 나중에 그렇게 하자고 대답했다. 양심에 준하지 않는 큰 범죄를 저지르고 있는 듯한 기분을 씻어낼 수 없었던 것은 어쩌면 그때부터였는지도 모른다. 그녀는 이따금씩 우리 부모님은 무슨 일을 하시는지 묻고는 하였다. 그녀가 하는 모든 질문들에 단 한 가지도 솔직한 답변을 내놓지 않았고, 회사에서도 그렇게 연기를 해야만 했다. 마치 아주 대단한 것들을 일구어낸, 혹은 그 이상의 어떠한 사람으로 나를 꾸며냈다. 아무런 일도 일어나지 않을 터였다. 그것을 누군가에게 은밀하게 속삭이지만 않는다면 말이다. 나는 그것을 선량함에서 비롯된 것이라고 스스로 되뇌며 엄청난 공포감이 나를 휘어잡을 것 같은 순간이 올 때마다 주문처럼 사용하고는 했다. 도덕적으로 반하는 일이기는 하였지만 그런 것은 전혀 중요하지 않았다. 결국 원하는 것을 얻고 지키기 위함이었고, 그 정도의 노력을 기울이기에 퍽 정당한 일이라고 생각했다.

"어쩔 수 없었지."

거울 속에 비친 솔이에게 손을 뻗었다. 그리고는 눈을 감아 들리는 웃음소리에 귀를 기울였다. 가슴 속에서 이상한 감정들이 꿀렁거렸다. 어쩌면 그것은 행복 혹은 미안함에서 우러나오는 슬픔 혹은 그도 아니면 그리움이었을 것이다.

"어쩔 수 없었어. 삶이라는 것이 그렇잖아. 가진 것이 없으면 사랑조차 유지할 수 없는 세상이니까. 누군가는 희생되어야 하는 거잖아. 모두가 행복할 수는 없으니까. 누구에게는 허락된 행복, 어떤 이들은 무한한 행복이라고 말하지만 그건 누군가의 불행이 있을 때나 성립이 되는 것이잖아. 그 모든 것들을 배제한 채 행복만 있을 수는 없는 것이잖아. 원래 그렇잖아."

나는 아주 작은 목소리로 읊조렸다. 그리고는 천천히 손을 떼고는 고개를 들어 하늘을 바라보았다. 아무것도 없는 그저 검디검은 하늘이었다. 하늘의 무수한 별까지는 기대하지 않아도 그래도 달빛이라도 비추기를 바랐다. 급격한 피로감이 느껴지기 시작했다. 이제는 쓰디쓴 웃음을 지어 보일 힘조차 내게는 남아 있지 않았다. 누군가가 나의 모든 에너지를 빼앗아 자신의 양분으로 쓰기라도 하는 듯했다. 그러나 아직 정신은 또렷했다. 뒤를 돌아 나와 같은 자세로 담배 연기를 내뱉으며 허공을 바라보고 있는 나의 모습이 거울 속에서 비춰지고 있었다. 나는 그 모습을 가만히 바라보고 있자니 측은지심이 들었다. 곧이어 목소리가 울렸다.

"이로써 분명해졌어. 인간은 신이 실수로 만든 실패작에 불과해."

"그럴지도 모르지."

내가 대답했다. 더 이상 반박할 마음이 들지 않았다. 다만 원초적으로 해결되지 않은 몇 가지의 사항들이 내가 잠들기를 가로막고 있었다.

"나는 이제 어떻게 되는 거야?"

"이 세상에서 영원히 잊힐 거야. 네가 마주했던 사람들뿐 아니라 너 자신에게서 잊혀서 존재한 적도 없게 될 거야."

"그럼 지금 저 육신에는 누가 들어가 있는 거지?"

잠시 동안 아무런 소리도 들리지 않았다. 소음들이 제거되니 도리어 마음이 편했다. 이윽고 다음 소리가 들리기 전까지 나는 가만히 고개를 떨구고 있었다.

"아무도. 아무도 없어."

비열하다거나 비판을 한다거나 하는 듯한 목소리는 아니었다.

아무런 감정도 재미도 없는 딱딱한 어조가 내 심장을 관통했다. 진아의 얼굴이 생각난 것도 바로 그 순간이었다. 나는 다시 한 번 눈을 감으면 그녀의 얼굴이 일전에 보았던 환영처럼 나타나지 않을까 하는 의문감이 들었다. 그렇다면 나는 어떤 말을 가장 먼저 건네야 할까 고민하던 찰나 다시금 말소리가 들렸다.

"다시 데리러 올게."

"이곳에 나를 두고서 혼자 가는 거야?"

나를 데리고 가 달라며 떨리는 목소리로 호소했다. 눈을 뜨면 다시금 눈앞에 펼쳐질 수많은 거울들 틈에서 죽고 싶지 않았다고 소리치며 몸을 잔뜩 웅크려 보였다. 너무 피곤했지만 이대로 잠에 들면 영원히 깨어나지 못할 것 같다는 공포가 곳곳에 서려 있었다. 그는 내가 아직 그곳에 올라갈 때가 아니라고 했다. 나는 그곳이 어디인지는 모르겠지만 어디든 함께 하고 싶다고 답했다. 눈물이 흘렀고 추웠다. 그 전에 느낀 따스함이라든가 온화함은 온데간데없이 사라진 후였고, 바닥조차 아스팔트처럼 차갑고 거칠었다. 거울 속에서 이따금씩 빛이 새어 나오기는 하였지만 그 온기가 나에게까지 전달되지는 못하고 있었다.

"제발 나를 이곳에 두고 가지마. 나 정말 외로워."

그로부터 아주 오랫동안 말소리는 들리지 않았다. 나는 여러 차례 흐느끼다 눈을 감았다. 편안했지만 편안하지 못했다. 흐느낌이 잦아질 즈음 그제야 빛과 소음으로부터 자유로울 수 있었다. 죽음이란 이런 것인가. 아주 미세한 목소리에 눈을 떴을 때 내 눈에 가장 먼저 들어온 것은 어린아이였다. 곱슬머리에 마르고 아담한 체구, 순수함을 가득 머금은 눈동자까지. 나는 머지않아 나에게 팔찌를 건넸던 아이라는 사실을 기억해낼 수 있었는데 반갑다기 보다는 얼떨떨하고 당혹스러웠다. 그에게 화가 난 것은 아니었다. 오랫동안 몸을 웅크리고 있던 탓에 팔다리가 저려온 데다 오른쪽 어깨가 으스러지는 듯 아파왔기에 일어서지 못하고 몸을 질질 끌어 그가 서 있는 쪽으로 천천히 다가갔다. 그리고는 그의 손을 잡고 내 쪽으로 살짝 당겨 보이자 힘없이 두어 걸음 가까이 끌려왔다.

"잘 지냈니?"

내가 물었다. 나의 물음에 그는 고개 한 번을 끄덕이지 않았다. 그보다는 오므리고 있던 작은 입술을 떼며 춥지 않느냐고 물었다. 확실히 나의 온몸은 부르르 떨리고 있었는데 그것이 나를 덮치는 차가움 때문인지는 알 수 없었다. 나는 그에게 괜찮다고 대답하며 왼손을 들어 그의 부드러운 머리 위에 올려두었다. 그는 피하지 않았지만 금방이라도 울음을 터뜨릴 것 같은 표정을 짓고 있었다. 나는 반팔 차림인 그의 팔에 나의 손바닥을 마구 비벼 댔다.

"나의 추위를 걱정하기에는 걸친 것이 별로 없구나."

확실히 그러했다. 그는 하얀 토끼 몇 마리가 그려져 있는 분홍색 반팔 티셔츠에 검정색 바지를 입고 있었는데 그의 귀여운 이미지와 퍽 잘 어울린다고 생각했다. 그는 손가락 하나를 들어 자신 눈가를 콕콕 찍어 대보였다. 힘겹게 몸을 이끌어 조금 더 가까이 다가가 다소 길게 자라난 그의 머리카락을 옆으로 걷어내 보였다.

"다 나았어요. 감사합니다."

그렇게 말하며 그는 손을 배꼽 위로 가지런히 포개며 고개를 숙였다. 밴드가 떨어지고 그 자리에는 아무런 흉터도 남아 있지 않았다. 나는 처음 그를 만났던 때를 떠올리고서 물었다.

"다시 만나면, 아저씨에게 말해주기로 했던 것 기억나?"

그는 고개를 끄덕여 보였다. 그렇지만 자신은 그것을 말해줄 수가 없다고 말했다. 나는 그것은 전혀 사나이답지 못한 행동이라며 아무에게도 말하지 않을 테니 어서 말해 달라고 재촉했다. 그는 입을 다물며 어쩔 줄을 모르겠다는 듯 몸을 좌우로 돌려 보였다. 그리고는 대답 대신 자신의 주머니 속으로 손을 뻗어 나에게 무엇인가를 건넸다. 나는 그것에 깜짝 놀라지 않을 수 없었는데 작은 손아귀에 팔찌가 끊긴 채 올려져 있었기 때문이다. 우리는 한동안 아무런 말도 하지 않았지만 나는 그가 하고자 하는 말이 무엇인지 조금은 알 것 같았다. 그 순간 햇볕이 우리 두 사람을 비췄다. 나는 아주 오랜만에 마주하는 따스함에 그것을 느끼지 않을 수 없었다.

"아저씨에게 왜 울고 있었는지 이야기해줄래?"

라고 말하며 눈을 잠시 감았다가 떴을 때 이미 아이는 사라진 뒤였다. 다시금 거울 미로 속에서 수많은 목소리와 장면들이 나를 괴롭히기를 반복하였기에 나는 한숨을 크게 내쉬었다. 나는 자리에서 일어서 거울 틈 사이를 내달렸다. 그 아이의 손을 잡았을 때의 느꼈던 강한 기운을 쉬이 떨칠 수가 없었다. 거울 속 장면들을 둘러보며 이름이라도 알았어야 했다고 생각했다. 바닥은 단단했지만 비가 왔던 탓에 축축했다. 철퍽철퍽 하는 둔탁한 소리를 내며 물이 사방으로 튀어대기를 반복했다. 그때 한 목소리가 나에게 말을 걸어왔지만 그것이 방금 전까지 내 앞에 있던 아이가 아님을 단번에 알아차릴 수 있었다.

"그 아이는 줄곧 계속 이곳에 있었어. 바로 네 옆에."

당최 이해할 수가 없었기에 한숨을 크게 내쉬었다. 말이 되는 것은 단 하나도 없었다. 그저 처음에 이곳에 왔을 때는 소음에서 벗어난 고요함이 좋았고, 이따금씩 느껴지는 온화함이 좋았다. 그러나 고작 들려온 말이라고는 내가 죽었다는 것과 나에게 말도 안 되는 팔찌를 건넨 아이가 나타났다가 눈앞에서 사라졌다. 어둠 말고는 아무것도 없는 곳에 나를 가둬놓고서는 이제 와서 무슨 말을 하는 것인가 싶어 어처구니가 없었다. 나는 마음속에서 들끓는 분노를 참지 못하여 흥분한 채 빠른 속도로 소리쳤다.

"너 도대체 뭐 하는 놈이야. 인간은 멍청하다, 어리석다 하는 말들을 해대는데, 그렇게 자신 있으면 썩 밖으로 나와 네 정체를 밝혀. 내게 얼굴을 보여 봐. 직접 판단해주지. 인간이 되어 이 세상을 살아본 적도 없으면서 뭘 자꾸 그렇게 나불거리는 거야? 신이라면 빛이라도 내보였을 텐데 이 어두움 속에서도 잘만 살아가는 것을 보아하니 악마가 틀림없구나."

가슴이 앞으로 나왔다가 들어가기를 반복했다. 숨이 가빠왔고 눈에 실핏줄이 터지는 것이 느껴졌다. 축축했던 머리가 뻣뻣해지고, 피부는 서서히 메마르기 시작했다. 나는 다시 한 번 시원한 비가 내려주었으면 좋겠다고 생각했다. 이곳에 온 이후로 얼마간의 시간이 흘렀는지는 고사하고 벽을 마주한 채 지내는 듯했다. 이제는 이곳이 어떤 곳인지 조금은 알 것도 같았다. 그러니까 결국 내가 할 수 있는 건 아무것도 없고, 내가 배운 모든 지식들도 나의 죽음 앞에서는 아무런 소용이 없다는 것이었다. 상식이라든가 언어라든가 그런 것들은 고독 앞에서는 효능을 발휘하지 못하는 것이 아니겠는가. 저 놈의 말대로 나를 아는 이는 점점 줄어들 것이고, 마지막까지 내가 추구하며 싸웠던 그 모든 것들도 제 의미를 잃고 있으니 말이다. 그래도 이러한 곳에서도 이따금씩 비가 내려주니 나는 그것으로도 다행이라고 여겼다. 그러자 아이가 다시금 모습을 드러냈다. 그런데 이번에는 다른 형상을 하고 있었다.

"기억해?"

기억했다. 밤톨 같은 짧은 머리카락에 부리부리한 눈썹, 말랐지만 단단한 하체, 태양 아래에 그을린 까무잡잡한 피부까지. 정확히 어린 시절의 나였다. 아까와 같은 끊어진 팔찌를 두 손으로 간절하게 쥐고 있었다. 나는 너무 놀라 무릎을 꿇은 채로 서서히 자리에서 일어섰다. 우리는 서로를 보고 있었지만 아무런 말도 주고받지 않았다. 어두움 속 달이 제 모습을 드리울 때 가장 빛나듯이 나는 어린 내가 뿜어내는 찬란한 빛에 잠시 넋을 잃은 채 시선을 거두지 못할 뿐이었다. 그것은 자신도 마찬가지라는 듯이 두 눈동자를 똘망하게 떠 보이다 이내 그 안에서 눈물을 흘려보냈다. 나는 당황하였지만 쉽사리 다가가 무어라 할 수 없었다.

"그래, 너야. 네가 만난 아이의 몸을 빌려 너에게 팔찌를 전달했지."

그 놈이 말했다. 나는 만일 직접 왔더라면 바로 알아봤을 텐데 어째서 직접 오지 않았는지 물었다.

"신을 본 적이 있는가?"

그가 물었다. 세상에는 너무 많은 신이 존재하고 있었지만 나는 그들 중 그 누구도 직접 눈으로 본 적도 대화를 나눈 적도 없기 때문에 그의 존재를 믿지 않는다고 말했다. 오히려 신을 믿으라고 강요하는 이들을 보면 짜증이 나고 부담스러웠다는 말도 덧붙였다. 그는 자신은 악마도 천사도 아니며 신성한 그런 무엇인가도 아니라고 했다. 나는 의아하였지만 그의 이야기를 계속해서 들었다.

“나는 죽은 영혼들을 불구덩이 속에 넣어서 이 세상에서 없애는 일을 하고 있지. 이 아이는 너무 오랜 시간 이곳에 있었어. 처음 만났을 때 어깨를 잔뜩 움츠리고는 울고 있더군. 앞에 놓인 환영을 보고서도 이상하리만큼 침착했어. 그래서 다가가 물었지.”

매우 차분한 목소리였다. 차갑다거나 이전에 들었던 어떤 우스꽝스럽고 소름 끼치는 듯한 쇳소리가 아닌 담담하고 담백하였다. 나는 천천히 어린 내가 서 있는 곳을 향해 천천히 걸었다. 그러는 와중에도 목소리는 끊이지 않고 계속해서 들려왔다.

“온갖 협박과 괴롭힘에 시달렸다고 하더군.”

그 시절의 이야기라면 잘 알고 있었다. 정확하게는 잊고 싶었던 기억이라 할 수 있었다. 시골로 내려간 지 얼마 안 되었을 무렵 부모님의 관심사는 오직 여동생 진아에게 쏠려 있었다. 그것에 대해서 서운한 것은 아니었다. 한참 오락에 빠져 있었고 오히려 새로운 친구들과 어울리고 싶었다. 그러나 서울에서 온 나를 반가워하는 이는 없었다. 수줍은 성격은 싸가지가 없는 놈이 되었으며 서울놈들은 다 잘 산다 카더라 하는 등의 이야기들이 퍼지기 십상이었다. 나에게 다가오는 또래도 몇 있었다. 그러나 대걔는 오락실에 데려가줄 테니 돈은 나보고 가지고 오라는 것이었다. 나는 오락실에 가는 것은 정말 좋지만 돈이 없다고 했다. 그러면 그들은 엄마 지갑에서 돈을 빼오면 되지 않느냐고 말했고 나는 그 말을 곧이곧대로 믿어서 행하였다. 그런 식으로 몇 차례 돈을 뺏긴 이후로도 학교 앞에서 나를 찾아와 협박하고 말을 듣지 않으면 나를 마구 짓밟았다. 나의 거짓말은 점차 늘어갔다. 왜소했기에 나보다 체구가 큰 아이들 틈에서 제대로 된 적응을 하기란 여간 어려운 일이 아니었다. 할 줄 아는 것도 할 수 있었던 것도 아무것도 없었다. 더구나 그 당시 나는 선과 악의 기준을 알지 못했기에 그들의 잘잘못을 따지기보다는 오히려 나의 나약함과 무력함을 숨기기 급급했다. 그렇게 중학교에 들어가기 전까지 나는 어디에도 속하지 못하고 혼자 지내야만 했다. 그런 시절을 회상하며 무릎을 꿇고서 어린 나를 정면으로 마주했다. 그리고는 아무 말 없이 그를 내 품에 안았다. 여러 차례 몸이 들썩거렸는데 나는 그것이 우리 둘 중 누구의 흐느낌에 의한 것인지 알 수가 없었다. 다만 내가 그 순간 느낀 것은 내 안에 아주 강력한 힘이 솟으며 심장이 빠른 속도로 두근거리기 시작했다는 것이다. 나를 감싸 안은 손아귀에 힘이 들어가는 것이 느껴졌기에 나는 아주 단호한 어투로 말했다.

"미안해."

그때였다. 주변에 나를 에워싸며 괴롭히던 거울들이 하나둘 깨지며 바닥으로 가라앉기 시작했다. 그와 동시에 엄청난 굉음이 내 귓가를 관통했지만 나는 맞잡고 있던 손을 놓지는 않았다.

"너는 내가 궁금하다고 했다. 자, 이제 나의 존재를 알게 된 너는 무엇을 할 테지? 인간의 몸에서 버림 받은 죽은 영혼 따위가 무슨 일을 할 수 있겠어? 너 자신조차 제대로 알아보지 못하면서 하태수에게 그러했듯 나에게도 달려들 텐가?"

그의 말에 나는 만일 형체를 내게 보인다면 당장 그럴 수도 있을 것이라고 했다. 하지만 그렇다고 해서 달라지는 것은 아무것도 없었다. 이곳에서 부자가 되기를 원한다거나 아주 많은 친구들을 곁에 둔다거나 그도 아니면 잃어버렸던 것을 다시 가질 수 있기를 바랄 수도 없는 노릇이었다. 결국 내가 속해 있는 지금 이곳에서 그런 것은 결코 중요한 것이 아니었다. 그것은 그의 존재도 마찬가지였다. 설령 어떠한 형체가 내 눈앞에 나타나도 물리적으로 바꿀 수 있는 것은 아무것도 없었다. 그는 이런 내 생각을 읽기라도 한 듯 나의 말에 동의는 하지만 일부는 맞고 일부는 틀리다고 했다. 흥분감은 가라앉아 있었고 나는 여전히 나의 손을 부여잡고 있었다.

"나도 한때는 인간의 몸에 살았어. 목수로 일을 하는 녀석이었지. 이곳에 오고 한동안 방황했어. 출구를 찾아보고자 달려보고 소리도 쳐보았지. 심지어는 나 자신을 물어뜯기도 했어. 너와 똑같이 내가 죽었다는 판결을 받았을 때는 최선을 다해 부정했는데 그런다고 달라지는 것은 없더군. 그러다가 내가 발견한 게 무엇인 줄 아나?"

그는 잠시 주춤하더니 한껏 치켜 올린 목소리로 말했다.

"인간의 몸으로 돌아가기 위해서는 어떤 자격을 갖춰야 하는데 나는 자격미달이라는 거야."

거울은 계속해서 깨지고 있었고, 그마저도 비춰지고 있던 희미한 불빛들마저 사라지고 있었다. 나는 내가 가졌던 추억들이 눈앞에서 무너지는 것을 얌전히 지켜보아야만 했다. 그와 동시에 그의 이야기를 더욱 듣고 싶었기에 온 정신을 그 목소리에 집중하였다. 내가 들은 내용은 이러했다. 모든 인간은 태어나기 전에 심판을 통해 자격을 얻어 세상으로 나간다. 그러나 아직 불완전한 존재이기에 그들에게 특별한 능력을 하나씩 주는데 대다수가 그 능력을 발휘하지 못한 채 죽음에 이른다는 것이다. 나는 그 특별한 능력이란 게 무엇인지 궁금하다고 했지만 그는 그것에 대해서는 말해줄 수 없다고 했다.

"잠깐만, 그렇다면 어떻게 다른 인간의 몸으로 들어갈 수 있었던 것이지?"

나는 어린 나의 가녀린 어깨에 손을 얹으며 물었다. 조금 더 들어가자면 다른 아이의 몸속에서 나에게 말을 하는 것이 어떻게 가능한지 이해가 되지 않는다고 하였다.

"너를 만나게 해달라는 것이 이 아이가 빌었던 마지막 소원이었어. 네가 필요하다고 했지."

그러면서 내게 조금 더 많은 이야기를 할 수 있기를 바라지만 이제 가야 할 시간이라고 말했다. 그와 동시에 손아귀에 서서히 힘이 풀렸다. 온기와 함께 쥐고 있던 작디작은 손이 빠져나갔다. 나는 한 걸음 두 걸음 뒤로 물러나고 있었다. 다시 손을 잡기 위해 몸을 날렸을 때는 더 빠른 속도로 나에게서 달아나 작은 점이 되어가고 있었다. 나는 내 안에 공기를 가득 채운 다음 할 수 있다고 생각한 모든 힘을 쥐어짜 소리를 질렀다. 거울은 더욱 빠른 속도로 깨져나가고 있었고 바닥에 유리 조각들이 나를 사방으로 조각 내놓고 있었다. 못생기고 추했다. 눈은 벌겋고 치아는 고르지 못한 채 울긋불긋 돋아나 있었으며 수염은 여러 갈래로 갈라져 있었다. 엘리베이터에서 보았을 때보다 더 추락한 내 모습을 바라본 순간이었다. 내 안에서는 분노가 끓어오르고 있었다.

"이제 그 아이는 어떻게 되는 거야?"

내가 물었다.

"불구덩이 속으로 스스로 몸을 던질 거야. 이 아이는 그렇게 잊힐 거야. 너의 기억 속에서도 육신의 기억 속에서도. 애초에 존재하지 않은 것으로 될 거야."

"살릴 수 있는 방법을 알려줘, 제발. 부탁이야."

"그런 것은 존재하지 않아. 이미 생명력을 잃은 육신으로 돌아가는 것은 너무 무모한 짓이야. 그러나 방법이 전혀 없는 것은 아니지. 이곳에도 지상 세계와 같이 규칙이라는 것이 존재해."

그가 말하는 규칙이란 다음과 같았다.

첫째, 죽은 영혼이 원래의 육신으로 돌아가기 위해서는 일정 자격이 갖춰져야 가능하다.

둘째, 자격이 갖춰지지 않는다면 권한을 부여받아 단 하루 지상으로 내려갈 수 있다. 단, 이미 죽은 다른 육신의 것을 빌린다.

그리고 방금까지 나와 함께 있던 나는 권한을 부여받아 죽은 다른 아이의 육신을 통해 나에게 팔찌를 전했으며 그것이 이곳과 지상 세계를 연결해주는 유일한 소통의 수단으로 사용되었다는 것이다.

"끊임없이 말을 걸었어. 그런데 너는 너 자신의 목소리보다 나와 더 많은 이야기를 나누고 싶어 하더군. 이곳에 오기를 원한 적이 없다고 말했나? 아니, 장담하건대 너는 원했어. 눈앞에 존재하는 세상에서 벗어나 어디로든 달아나고 싶어 했지."

그러면서 말하길 그것은 비단 나에게만 일어나는 일시적인 현상 같은 것은 아니라고 했다. 그는 한참 전부터 전쟁이니 혁명이니 하는 통에 너무 많은 생명체들이 제 수명을 다 살지 못한 채 죽음에 이르렀을 때의 이야기를 들려주었다. 그 당시에는 육신을 태우면 모든 것이 해결이 되었지만 지금은 많이 다르다는 것이었다. 이제는 기술 발전이다 뭐다 해서 제 정해진 수명보다 더 오래 살면서도 죽어 나가는 영혼의 수는 더 늘어나는 탓에 여간 피곤한 것이 아니라고 말이다.

"인간들은 일이 틀어지면 얼굴 한 번 본 적 없는 온갖 신의 탓으로 돌리고는 해. 왜 자신이 가난한지, 왜 자신에게 이런 시련을 주는지, 왜 자신을 이렇게 못생기게 만들었냐면서 창조과정에서부터 무언가 잘못되었다고 말하지. 그러니 영혼들이 스스로 불구덩이에 몸을 던지는 수밖에."

아까 같은 침착함은 온데간데없이 사라지고 다소 짜증스러운 어투가 묻어 있었다. 나는 이해가 아주 안 되는 것은 아니지만 해결되지 않은 갈증과 피부를 타고 올라오는 가려움을 참을 수가 없었다. 그게 무엇인지는 모르겠으나 내 안에서 화산 같은 무언가가 폭발하기 일보 직전이었다. 나는 고래고래 소리를 지르며 동시에 인간의 언어로 할 수 있는 육두문자를 같이 날렸다.

"도대체 그 자격이라는 게 무엇이길래 알려주지 않는 거야? 너도 인간의 몸에서 살았었잖아. 알고 있잖아. 분명 시도해본 적이 있었잖아."

"시도했었지. 결론은 자격 미달이지만."

"말해줘, 육신으로 돌아갈 수 있는 방법. 나를 살릴 수 있는 방법." 그리 말하며 가슴을 여러 차례 통통 쳐댔다. 분노가 쌓이다 못해 결국 목구멍에서 튀어 나오며 밑바닥에 가라앉아 있던 모든 감정들을 모조리 쏟아낸 순간이었다. 인간들이 얼마나 어리석은지 혹은 그러한 어떠한 종류에도 관심이 없었다. 이전에는 있었을지도 몰랐다. 하지만 지금은 변했다. 그저 어린 시절 그 순수한 내가 불구덩이 속으로 스스로 몸을 던지는 장면을 상상만 해도 화가 났으며 육신으로 돌아가는 방법을 아는 것 말고는 먼지 한 줌 만큼도 가치가 없었다. 나의 견고한 태도에 포기한 듯 좋다는 말이 돌아왔다. 그러나 아이를 살리는 것은 불가능하다고 했다. 이미 너무 많은 시간이 지체되었고 그것은 영혼에게도 육신에게도 결코 좋은 일이 아니라고 하였다. 나를 둘러싸고 있던 많은 거울들은 일부 몇 개를 남겨놓고 전부 조각이 되어 흩어졌다. 그에 대해 전혀 아쉽다는 생각은 들지 않았지만 만일 저것들이 전부 무너진 뒤에 나는 어떻게 되는 것인지 다만 그것이 궁금했다. 그의 말에 의하면 나는 죽은 영혼이었지만 영원히 사라질 타이밍은 아니었다. 믿지 못할 이유는 없었지만 믿을 이유도 존재하지 못했기에 나는 잠시 잠자코 있었다.

"네가 살 수 있는 방법은 두 가지야. 다른 영혼이 지금의 너를 필요로 하거나, 인간 몸에 들어갈 수 있는 자격을 갖추는 것. 내가 아는 것은 정말로 여기까지야."

나는 그 놈이 거짓말을 하고 있다고 생각하지는 않았다. 별 다른 방법이 없었기 때문만은 아니었다. 단지 그도 인간의 몸에서 살았다면 생존에 대한 강한 열망을 누구보다 가져본 적이 있었으리라 여겼기 때문이다. 그리고 그 자격과 방법을 알았더라면 어쩌면 그 놈은 이곳에 없었을지도 모를 일이었다. 다만 나는 빈손이었고, 무엇인가와 맞서 싸우기 위한 어떠한 무기도 갖고 있지 않은 상태였다. 결국 이 몸뚱어리 말고 내게 주어진 것은 아무것도 없었다. 나는 더 이상 그 놈에게 말을 걸지 않았다. 분노의 화산은 폭발한 뒤 잠잠해 진 뒤였고, 정처 없이 다시 걷기를 반복했다. 유리 조각들이 지천에 깔려 있는 통에 그것들을 피해 걷는다는 것은 여간 힘든 일이 아니었다. 그때 내 머릿속에서 떠나지 않던 어떤 진실과 마주했는데, 그것은 아주 오랫동안 맴돌며 많은 의문들을 가지고 왔다. '지금 내 육신에는 아무도 없다고 했다. 그렇다면 필시 다른 영혼들도 존재할 터인데 어떻게 이곳에는 나 혼자일까.' 원초적으로 든 생각은 이것이었다. 이제 마치 모든 여생을 다 산 것 같은 허탈한 표정을 지어 보이고 있는 육신 앞에 멈춰 섰다. 이곳에 온 이후로 줄곧 내가 마주한 것들은 죄다 이런 식이었다. 꿈이라든가 환영이라든가 하는 이론은 전혀 중요하지 않았다. 어쨌든 나는 나의 추억들과 기억들을 마주했고, 나를 마주했다. 그래, 나를 마주했다. 나는 내 육신을 비추고 있는 거울을 향해 손을 뻗어 보이고는 주변을 살폈다. 무너지지 않은 거울들, 무너진 틈들 사이로 우뚝하고 제 자리를 지키는 거울들을 향해 조심스럽게 발걸음을 옮겼다. 그러다 조각을 밟기라도 하면 피가 흐를 터였지만 그런 것 따위는 개의치 않았다. 또 다시 비가 내려 나의 상처를 씻어주기만 한다면 무엇이 되었든 감사할 것 같았다. '감사하다라.' 나는 감사라는 단어를 생각해낸 것에 대해 스스로 놀라면서도 걷기를 멈추지 않았다.

"어디로 향하는 거지?"

그때 잠자코 있던 목소리가 다시금 들려왔다. 나는 저 멀리 눈앞에 보이는 거울을 향해 가고 있으며 그곳에 무엇이 있는지 확인을 해야겠다고 대답했다. 그러는 와중에 발을 접질려 고꾸라지고 말았다. 바닥에 깔려 있던 몇 개의 작은 파편들이 오른팔에 박혔다. '다리를 다치지는 않아서 다행이군.'이라고 생각하며 팔에 박힌 유리들을 가벼이 빼내고는 다시 움직였다. 팔에서 동그랗게 피가 나더니 점점 커지고 있었다. 한 걸음 두 걸음 옮길수록 눈앞에 나타난 거울 몇 개가 눈에 들어왔는데, 그 안에는 역시나 내가 겪은 어떠한 장면들이 보여지고 있었다. 왼편에는 캐롤을 부르며 빨간 모자를 둘러쓰고 신이 나 있는 진아의 모습이 보였는데 우리 가족들은 모두 하나 같이 박수를 치며 그녀의 재롱에 찬사를 보내고 있었다. 누구보다 아버지의 밝은 모습이 눈에 들어왔다. 삶의 지도를 가득 새긴 얼굴에 나도 모르게 눈시울이 붉어졌다. 다리에 붕대를 감지 않은 교복 차림의 나를 보건대 고등학교 1학년 때가 틀림없었다. 꿈과 희망으로 가득 찼던 철없는 시절의 나를 바라보다 고개를 돌려 현재의 내 모습을 비추고 있는 거울을 향해 시선을 돌렸다. 나는 잠시 무언가를 골똘히 생각했는데, 추억을 회상하는 것이 아니라 둘의 관계를 알아내보고자 하는 마음이 더 컸다.

"어린 시절의 내가 줄곧 이곳에 같이 있었더라면 필시 이 녀석도 내 근처에 있을지 몰라."

나는 커다란 소리로 말했다. 누군가가 듣기를 바랐다. 그것이 설령 어리석고 틀렸을지라도 말이다. 그러한 바람이 이루어지기라도 하듯 어디에서인가 따스한 미풍이 불어와 나의 몸을 감싸고 있었다. 이곳에 온 이후로 두 번째로 느껴보는 기분 좋은 바람이었다. 작은 구멍들을 만들며 흐르던 피는 이제 멈추었다. 나는 다시 한 번 고개를 돌려 오른편으로 향했다. 시원한 물을 가르는 소리가 들리자 나는 본능적으로 그곳이 바다임을 알았다. 아니나 다를까. 앳된 모습의 예찬이 우당탕탕 뛰면서 과장된 몸짓으로 낚싯대를 머나먼 바다 저 멀리 던질 채비를 하고 있었다. 그 탓에 배가 잠시 흔들거렸고, 나는 멀미 날 것 같으니 제발 가만히 있으라고 소리를 지르고 있었다. 그 옆에는 온화한 미소를 머금으신 푸른색 조끼 차림의 예찬 아버지가 나를 감싸 안고서는 낚싯대 잡는 방법을 알려주셨다. 그는 단 한 순간도 예찬을 나무라지 않으셨는데 나는 그것이 조금 부러웠다. 가족들의 사랑이니 하는 것들을 나는 진아가 태어난 이후로 받아본 기억이 없기 때문이었는지도 모른다. 철썩 하는 파도 소리가 기분 좋게 들려 왔고, 유난히 맑은 하늘에 눈조차 제대로 뜨지 못하고 있었다. 나에게 첫 낚시는 그러했다. 뱃멀미와 소금기 가득 머금은 짜디짠 냄새 그리고 예찬의 커다란 발소리가 유난히도 기억에 남았다. 서툰 모습에도 나무라는 사람이 없었고 오히려 "서울놈은 다르네." 라며 나를 놀리기 바빴다. 그러나 그것에 감정이 상했다거나 하지는 않았다. 당시 예찬과 그의 가족들은 나의 또 다른 가족이었다. 웃음소리가 계속해서 들려 왔고, 맑은 날 무엇 하나 견줄 것 없이 완벽해 보이는 삶이 재생되고 있었다.

"무슨 생각이 너를 사로잡은 거야?"

잠자코 있는 내게 그가 물었다. 나는 아주 잠시 눈을 감았다. 저 놈이 나에게 계속 말을 거는 의도를 파악할 수 없었고, 내가 가진 생각들을 설명할 이유조차 존재하지 않았기 때문이었다. 하지만 무엇 때문이었는지 나 자신에 대해 처음으로 솔직하고 싶었기에 조심스럽게 대답했다.

"너의 말마따나 어리석은 사람들이 잘못된 방향으로 갈 동안 신은 무엇을 하셨나 싶어서. 만일 정말 존재한다면 말이야."

우두커니 내 앞에서 들려오는 바닷가의 시원한 소리에 귀를 기울이고 있었다.

"이제 조금은 알 것 같아. 신이 나를 도와주지 않으셨던 이유를."

그는 그것이 무엇인지에 대해서 묻지 않았다. 나는 서서히 눈을 떴다. 그리고는 미소를 한 번 지어 보이고서 말했다.

"그것에 대한 대가로 내가 이곳에 왔고, 불구덩이 속에 들어가야 마땅하다면 그런 것 아니겠어?"

그리고는 서서히 발걸음을 옮겼다. 내가 지나가는 자리에는 더 많은 유리 조각들이 나를 가로막고 있었다. 이대로 계속 움직인다면 다친다는 것은 아이들도 아는 상식이었다. 그러나 나는 개의치 않고 앞으로 걸었다. 유리 조각을 밟지 않기 위해 조심스럽게 걸을 필요는 있었지만 또 고꾸라져 넘어진다면 어쩔 수 없는 일이었다. 지나온 길 뒤쪽에 서 있던 거울들이 무너지는 소리가 들렸다. 여기저기서 파편이 튀었다. 나는 잠시 그 자리에서 멈추고는 몸을 굽혀 개중 제일 커다란 조각 하나를 집어 들었다. 그리고는 얼굴을 이리저리 돌려 나의 상태를 확인했다. 그리고는 한 손으로 수염을 주욱 잡아당겨 사선으로 날을 세워 유리의 가장 날카로운 부분을 수염 가까이 가져다 대었다. 사각 하는 소리와 함께 수염이 잘려 나갔다. 나는 일종의 희열감 같은 것을 느꼈다. 그것은 여전히 지저분하였지만 최소한 듬성하다는 느낌을 지웠다는 것에서 느낀 감정이었다. 나는 손에 쥐고 있던 파편을 뒤로 확 던지고는 발을 질질 끌며 걸었다. 발가락이 조금 아프기는 했지만 발바닥에 조각이 박히면 더 이상 걷는 것은 무리라고 생각했기 때문이다. 주변에서는 아무런 소리도 들리지 않았고, 커다란 거울 두어 개가 눈앞에 드러난 것은 그로부터 조금의 시간이 흐른 뒤였다. 나는 내 수염만큼이나 제멋대로 자리 잡고 있는 거울들의 위치에 불만을 품지 않은 것은 아니지만 그럼에도 가야만 했다. 한 걸음 두 걸음 앞을 향해 내딛을수록 내가 알고자 하는 진실에 조금 더 가까워짐을 느꼈다.

"이제는 신이 존재한다고 믿는 거야?"

거울에 조금 더 가까워질 무렵 다시 한 번 목소리가 들려왔다. 나는 그렇지만 그렇지 않다고도 대답했다. 이상하고 애매모호한 답변이라는 것을 알지만 그것이 내가 할 수 있는 최선의 말이었다.

"그런데 말이야, 세상에는 여러 신이 존재하잖아. 그중 선량한

한 분 정도는 나를 도와주시지 않겠어? 어느 위대한 사람이 말하길 '인간은 신이 만든 걸작이다.'라고 하더군." 나는 순간 그 말을 누가 하였었는지 잠시 생각해 보았지만 기억나지 않았다. 그리고는 말을 이었다.

"그 말에 완벽하게 동의를 하는 것은 아니지만 문득 그런 생각이 들더라. 어떤 신이 만드셨냐에 따라 걸작이 될 수도 있고, 더 훌륭한 걸작이 될 수도 있겠다고. 이왕이면 나는 후자였으면 좋겠어."

그렇게 말하면서도 나는 신의 존재를 믿는 것은 아니라는 말도 덧붙였다. 그는 어처구니가 없다는 듯이 그렇다면 지금의 나는 누구에게 의존을 하고 있는지에 대해서 알고 싶다고 했다. 나는 일말의 주춤거림 없이 단호하게 대답했다.

"나 자신."

그는 이해가 되지 않는다고 말했다. 어떠한 존재를 믿지도 않는 데다 이미 죽은 영혼인 내가 할 수 있는 것은 오로지 자격을 얻는 것이지, 이렇게 무리하게 거울을 찾아다니는 행위를 통해 억지를 부린다고 인간의 몸으로 다시 들어갈 수 있는 것은 아니라고 하였다. 나는 그럴지도 모른다고 대답하였다. 비판하거나 기분을 상하게 하기 위해 한 말은 아니었다. 다만 이곳에서 내가 예측할 수 없는 것은 아무것도 없으며, 나에게는 불구덩이 속으로 들어가는 것과 유리 파편이 발에 박히는 것이 별반 다르지 않다고 말했다. 어차피 내가 사라진다면 나의 존재와 함께 사라질 고통에 불과할 뿐이라고 말이다. 그리고는 큰 소리로 아무 가락이나 넣어 노래를 불렀다.

"세상, 나는 그것을 모르기에 길을 잃었다네. 사랑, 나는 그것을 모르기에 외톨이 되었다네. 행복, 나는 그것을 모르기에 삶을 포기했네, 인생, 나는 그것을 모르기에…."

갑자기 숨이 막혔다. 그 순간 두 눈동자를 가득 메운 것은 운동장에서 축구를 하고 있는 내 모습이었다. 나는 그 앞에 잠시 움직이기를 주춤할 수밖에 없었는데, 아까 보이던 행복감이나 청량함은 전부 사라지고 차가운 모래 바닥에 놓인 축구공과 그것을 통통 발로 건드리며 홀로 앉아 있는 내가 보였기 때문이다. 제 자취를 감추어 어두움이 내리 깔리기 직전이었고 주변에는 아무도 없었다. 이따금씩 자전거 지나는 소리, 하교하는 여자들의 웃음소리가 들려오기는 하였지만 나에게 말을 거는 사람은 아무도 없었다. 축구공 주변에 개미들이 빠른 속도로 지나고 있었고, 나는 고개를 내려 나를 지나치는 생명들을 쫓고 있었다. 이는 내가 성인이 되어 자주 했던 행동들이었기에 그리 이상하다고 여기지는 않았다. 오히려 오른쪽 교복 바지가 다소 부풀어 있는 것으로 보아 다리를 다친 직후임을 알아챘다. 수치스럽고 나약했으며 결코 극복되지 않을 기억의 한 조각이었다. 나는 잠시 주변을 둘러보았다. 군대에서 맞았던 순간, 서울로 상경하여 방구석에서 홀로 보내는 생일 때의 모습이 보이고 있었다. 하나 같이 재미없고 단조로운 표정을 지어 보이고 있었다. 우울해 보인다거나 힘들어 보인다기보다는 마치 모든 것을 받아들인 듯했다. 그러나 지금 내 눈앞에 놓인 모습만은 달랐다. 세상에 존재하는 모든 서러움을 짊어지고 있기라도 한 듯 입꼬리는 한껏 아래를 향하고 있었다. 작은 로봇이라도 신발을 질질 끌기를 반복하여 모래 먼지를 만들기도 하였다. 나는 천천히 다가가 등을 기댄 채 앉았다. 사방이 유리 천지인 다른 곳에 비해 이곳의 바닥은 전체적으로 깨끗하다고 할 수 있었다. 아무도 없었다. 나이는 들었고, 생김새도 옷차림도 모두 바뀌었는데 아무도 없었다. 나는 그것이 나의 문제라고 생각하지는 않았다. 내가 선택한 것인지에 대한 여부를 묻는다면 나는 그럴지도 모른다고 대답할 수 있겠다. 거울에 머리를 기댄 채 눈물이 가득 고인 눈으로 하늘을 올려다보았다. 비가 왔으면 좋겠다고 생각했다.

"기분이 어때?"

나는 좋다고 대답했다. 그 놈은 얕은 숨소리를 내뱉으며 내가 지금 거짓말을 하는 중이라고 말했다. 눈물을 흘리면서 좋다고 말하는 것은 말이 되지 않는다는 것이었다. 나는 이곳에서 마주한 모든 것들이 말이 되지 않기 때문에 나의 언행 불일치 같은 것은 아무것도 아니라고 말하며 미소를 지어 보였다. 황당하지만 정말 웃긴 상황이 아닐 수 없었다. 신의 존재라느니 죽은 영혼이라느니 하는 종류의 이야기를 나는 단 한 차례도 생각해본 적이 없으며 설령 생각해본다 한들 이 순간을 어떻게 말로 설명할 수 있단 말인가. 그렇기에 나는 정말로 기분이 좋은 상태이며 비나 잔뜩 내렸으면 좋겠다고 소리쳤다. 일전에도 이런 고요함을 마주한 적이 있었다. 그러나 그때와는 상황이 조금 달랐다. 도심의 소음이라거나 커다란 음악 소리를 벗어난 단순한 조용함이 아니었다. 영원히 지속될지도 모르는 차원의 안정감이었다.

"육신으로 돌아간 영혼도 있었나?"

"있었고말고. 아주 소수였지만 말이야."

그가 말했다. 나는 그 말을 믿었다. 그리고 안심했다. 내가 겪은 이 길을 걸은 또 다른 무언가가 있다는 사실에 안도한 것인지 혹은 돌아갈 곳이 있다는 사실에 기분이 좋았던 것인지 알 수는 없었다. 그는 나에게 돌아갈 수 있는 곳이라고는 크지도 작지도 않은 고작 인간의 육신일 뿐인데 왜 이렇게까지 하느냐고 물었다. 그의 말에 의하면 사실상 나는 이곳에서 마음을 내려놓기만 한다면 아주 잘 살 수 있으며 많은 이들이 거울을 통해 지상 세계에서 겪은 고통들을 마주하면 다시금 인간의 몸속으로 내려가기를 포기한다고 했다. 나는 고개를 틀어 나 자신의 모습을 말없이 바라보았다. 어떤 말을 굳이 할 필요는 없었다.

"너도 바랐잖아. 너의 육신은 한심하고 나약하지. 파괴되어 가는 것들 틈에서 너 하나 지키는 것도 버겁다며 최선을 다해 달아나고자 했었던 것을 나는 알아. 너의 몸에서는 피가 흐르고 있고 지천에는 너를 다치게 하는 것들뿐이야. 그건 지상 세계라고 다르지 않아."

그의 단호하면서도 가시가 있는 말에 나는 그랬을지도 모른다고 했다. 아닌 게 아니라 그때의 한때는 이 세상에서 내가 온전히 사라지기를 바란 적이 있었다. 사람들이 흔히 말하는 행복을 얻기 위해서는 여러 가지의 방법이 있었지만 모두가 다르게 말하는 통에 오히려 혼란스러웠다. 간추리자면 물질적 풍요와 정신적인 풍요가 함께 이루어진다면 행복하다는 것으로 결론이 나왔는데 둘 중 하나라도 얻자니 너무 많은 것들을 버려야만 했다. 나는 그렇게 생각하며 머릿속으로 가족들의 얼굴을 가장 먼저 떠올렸다. 캐롤에 맞추어 춤을 추던 어린 시절과 나에게 인간도 아니라고 소리치던 진아의 모습이 겹쳐 보였다. 결국 행복을 위해서는 타인에게 상처를 입혀서는 안 되지만 그것은 나의 행복에 모순된다는 것이기도 했다.

"그래서 도와준 거지? 그 어린 영혼말이야."

"그래, 서럽게도 울더군."

"지금은 안 울고 있잖아."

내가 말했다. 그가 내 옆에 남아 있는 이유를 이해하였다. 그의 말대로 사실 그가 누구인지는 중요하지 않았다. 콧등에 후둑 하고 빗방울이 떨어지기 시작했다. 머리를 축축하게 적시고 있었고, 등지고 있던 거울 속에서도 동시에 비가 내리고 있었다. 머지않아 날리던 흙먼지가 가라앉으며 동시에 머리를 적시고 있었다. 갑작스럽게 내리는 소나기에 밖을 돌아다니던 몇몇 이들이 내달리기 시작했다. 요란하게 내리는 빗소리가 나의 마음을 위로해 주는 듯했다. 나는 거울을 향해 손을 뻗었다. 그리고는 아주 오랫동안 그 자세로 가만히 있었다. 오늘 밤 내가 당장 불구덩이 속으로 들어가야 한다면 어린 나처럼 미련 없이 스스로 뛰어들 수 있을지에 대해 잠시 생각했다.

"내 다른 영혼들도 이곳에 있지? 여기는 내 세상이니까."

내가 물으며 눈을 똑바로 뜨고 정면을 응시했다. 죽은 영혼을 관장하는 이상한 놈이 존재하는 곳에 다른 것들은 없고 오로지 나를 중심으로 돌아가는 곳. 눈에 보이지는 않지만 내 옆에 존재했던 어린 시절의 나. 이대로 암흑이 계속되어 나와 영원토록 함께 할 수 없다고 하더라도 이곳에 사는 다른 존재들을 찾아야만 했다. 아무도 없었지만 내가 기필코 살아야만 하는 이유였다. 내 안에서 솟아나는 이러한 감정들을 무시하기에는 너무나 강력했고, 간절했다. 비는 기분 나쁘지 않게 계속 내리며 내 몸을 가벼이 적시고 있었다.

예전의 나는 비를 그리 좋아하지 않았다. 모든 것들을 적셔버린 후에 남겨진 찝찝함을 견딜 수가 없었다. 마음은 울적하고 무기력하게 했으며, 아름다워 보이던 것들도 어딘가 냉혹하게 만들기 십상이었다. 그러나 지금도 같은 마음이냐고 묻는다면 그렇지 않다고 대답할 것이다. 오히려 많은 것들을 잠재우는 빗소리에 나도 잠이 쏟아지던 참이었다. 오랫동안 걸었고, 쥐고 있던 어느 한 끈을 놓은 듯 느슨해지는 탓에 몸에서 힘이 없었다. 몸을 둥글게 말아 그 자리에 눕고는 살포시 눈을 감았다. 삐걱거리는 소리와 쿵쿵 하는 발소리가 여러 차례 들렸지만 나는 움직일 생각일랑 하지 않았다. 비가 멎었다. 그 놈은 나에게 죽고서 다시 인간으로 태어날 수도 있다고 말했다. 나는 그와 비슷한 이야기를 들어본 적이 있는 듯했다. 전생에 착한 일을 하면 다음 생에 다른 인간으로 태어나는 이야기 말이다. 이에 대해 아무런 말을 내뱉지는 않았다. 노곤했지만 잠을 잘 수가 없었기에 그가 떠들어 대는 이야기에 계속해서 귀를 기울이고 있었다. 그가 말하는 내용은 전혀 와닿지 않는 저 너머의 세상 이야기처럼 들렸는데 나는 그것이 꽤나 흥미롭다고 생각했다. 그리고는 나는 천천히 입을 떼며 다음 생을 바라지 않는다고 말했다.

"너는 지금 살고 싶다고 생각하면서도 다음 생을 바라지 않는다고 말한다. 그 이유가 무엇이지? 처음부터 제대로 된 육신을 얻어 살아갈 수도 있을 텐데 말이야. 작고 힘없는 원래의 네 육신으로 돌아가고자 하는 이유가 대체 무엇이야?"

그는 정말 궁금한 듯했다. 나는 왜 그렇게 생각하느냐고 물으려다 이내 말았다. 대신에 그의 질문에 대한 답을 하기로 작정했는데 그것이 그가 듣고자 하는 답변인지는 확신이 서지 않았다.

"괜찮은 몸뚱어리가 도대체 무엇인데. 근육질에 돈이 많고, 아름다운 여자들을 매일 만나는 것만이 정말 가치가 있는 삶인가? 이곳에 갇혀 돌아갈 엄두를 내지 못하는 건 생김새 그리고 재산 수준에 따라 결정되는 것이 아니야. 지상 세계의 삶을 살아갈 용기, 그거면 되는 거야. 나는 나의 영혼이, 그리고 나의 육신이 소멸되지 않기를 바랄 뿐이야. 사람들이 말하는 어떠한 미지의 영역, 그런 것은 잘 모르겠고 그저 이 세상과 완전한 작별을 하기 전에 나의 세상으로 돌아가 조금만 더 살고 싶어."

삐걱거리며 문을 여닫는 소리가 다시금 들려 왔다. 마치 오래되고 녹슨 현관문 소리 같았지만 그렇기에는 그러한 소리가 오랫동안 지속되었다. 나는 이어서 말했다.

"그러니 다시 생각할 필요가 없어. 누군가는 아니라 할지 몰라도 내가 걸어온 길을 나는 알아. 신이 정말 존재한다면 신도 아시겠지. 그러나 그것은 확실하지 않아. 결국 나 말고는 아무도 나를 이해할 수 없다는 것이야."

나는 한 템포를 쉬었다가 기분 좋은 미소를 지어 보이며 말을 이었다.

"내가 할 수 있다고 생각한 것보다 더 뜨겁고 진실되게 누군가를 사랑했고, 더 많은 것들 앞에서 좌절했지. 너의 말대로 신의 탓을 한 적도 많을지 모를 일이고 말이야. 지금과는 달리 생동감이 넘실거렸던 적도 있어. 행복하다고 말하면서도 아파했고, 아프다고 말하면서도 행복하다고 했지."

그는 그것이야말로 자신이 들은 것들은 가장 모순된 말이라고 하였다. 인간은 행복하면서 동시에 슬플 수가 없다는 것이다. 그 말을 아주 이해하지 못하는 것은 아니지만 확실히 그렇게 느꼈기에 이야기하는 것뿐이라고 말했다.

"그래, 너의 말이 다 맞아. 영혼을 불구덩이 속에 넣는 일을 하는 너를, 일전에는 인간이었던 자라고 말하는 너를 나는 믿어. 그렇고말고. 그러나 내가 할 수 있는 것은 정말 아무것도 없어. 네가 영혼들을 죽이는 악마이든, 나를 도와주는 천사이든, 혹은 그 이상의 존재이든 나와는 아무런 상관이 없다는 거야. 그러니 내일이 당장 오지 않는다고 해도 나에게는 잃을 것도 없지. 왜인 줄

아나? 나는 지금 모든 것을 가진 기분이거든. 뿐만 아니라, 내가 정말 죽었다면 진즉에 너는 나를 끓어오르는 화염 속으로 데리고 갔을 테니까⋯."

숨이 막혀 왔기에 잠시 말을 멈추어야만 했다. 삐걱거리는 소리가 멈추고 물방울 떨어지는 소리가 차츰 들려오기 시작했다. 바닥은 차가웠지만 물기를 머금은 탓에 그 향기가 고스란히 나에게 전해지고 있었다. 나는 팔을 들어 이마에 가져다 대고서 말했다.

"나는 죽지 않았어."

나를 깨운 것은 주변에 감돌고 있던 묘한 정적이었다. 몸이 부웅 떠오르듯 가벼워지는 것을 느꼈다. 비로소 죽은 것인가, 그도 아니면 다시 꿈을 꾸고 있는 것인가. 어쨌든 기분이 좋았다. 가슴이 두근거렸고 입술 사이로 달콤함이 전해졌다. 마치 어린 시절 맛보았던 알사탕 같은 것이었다. 나는 그제야 눈을 떴다. 그리고는 내 앞에 있는 누군가를 향해 기분 좋은 미소를 지었다. 그도 나를 내려다보고 있었다. 나는 교복 자켓 오른쪽으로 시선을 돌려 이름을 확인했다.

"오진대."

천천히 그 이름을 불러보았다. 알고 있었다. 그곳에 내가 있었음을, 내 옆에 있었음을 알고 있었다. 차갑게 내리던 비에도 춥지 않았던 이유였는지도 모른다고 생각했다. 멀끔하고 앳된 모습과는 달리 지금의 나는 너무 지저분했기에 다소 창피했다. 침을 한 번 꼴깍 삼키고는 커다랗게 숨을 들이키며 몸을 일으켰다. 두 팔에 체중을 실은 채 한동안 그 자세를 유지했다.

"기다리고 있었어."

교복 차림의 나에게 나를 원망하느냐고 물었다. 그가 한동안 아무런 대답을 하지 않았기에 나는 괜찮다고 이야기하며 그에게 어디에 있었는지에 대해 재차 물었다.

"앞에, 옆에, 마지막에는 뒤에."

나는 그것을 알고 있었기에 나를 비추고 있는 거울을 향해 달려왔다고 대답했다. 그는 우수에 젖은 눈으로 왜 이제 왔느냐고 물었고, 나는 아주 낮은 목소리로 힘겹게 말했다.

"멍청해서 그래."

그러면서 나는 아직 불구덩이 속에 들어가지 않고 이곳에 남아주어 고맙다는 말도 잊지 않았다. 그는 나에게 처음 이곳에 오게 되었을 때의 이야기를 들려주었다. 어딘가 담백하고 침착한 목소리가 낯이 익다고 생각하였다. 편안하고 안심되어 보였다. 나도 그렇게 비춰질 터였다. 부끄럽지만 나는 그의 손을 부드럽게 감싸며 이제 다리는 아프지 않느냐고 물었고, 그는 고개를 한 번 세차게 끄덕거렸다. 그러면서 말하길 아주 불안했다고 했다. 여느 다른 영혼들처럼 힘들었던 기억들만 마주하고서 혹여나 이곳까지 오기를 포기할까 걱정했다고 했다. 손아귀에 힘이 들어가는 것을 느꼈다. 이윽고 나른함이 나를 감싸고 들며 몸을 가누는 것조차 버겁다고 느껴질 무렵 나는 아주 느린 몸짓으로 자리에서 일어서며 주위를 둘러보았다. 거울들이 깨져 사방에 흩어져 있었다. 필시 이곳에는 다른 영혼들도 존재할 것이라 생각하며 내가 걸어온 길을 돌아보았다. 어두움 속에서 홀로 서 있는 거울 하나를 보고서 말했다.

"나가자."

"아직. 꼭 봐야 할 게 있어."

그렇게 말하며 강하게 거울이 있던 반대 방향으로 나를 이끌었다. 갑작스러운 행동에 당황하였고, 커다란 파편 하나가 발에 박히는 것을 느꼈다. 찌릿하여서 오른쪽 다리가 부르르 떨리기 시작했고 머지않아 바닥에 혈흔이 쏟아지고 있었다. 우리는 잠시 그 자리에 멈추어야만 했는데 손을 놓는다거나 서로에게서 시선을 오랫동안 거두는 행위 자체는 하지 않았다. 오히려 바싹 끌어당기고는 유리 파편을 발로 밀어가며 앞으로, 옆으로 나아갔다. 아직 무너지지 않은 여러 거울들이 눈에 보였는데 나는 그것이 무엇을 의미하는지는 알 수가 없었다. 다만 이끌리는 대로 따라갈 뿐이었다. 움직이는 동안 작은 조각들이 발바닥 다른 곳을 쿡쿡 찔러 대는 통에 제대로 걷기가 힘들었다. 그러나 그것은 비단 나만 그런 것이 아니었음을 깨달은 것은 뒤를 돌았을 때였다. 내가 걸어온 길 바로 옆에서 더 많은 양의 피를 보았기 때문이다. 너무 놀라 왼쪽 아래로 시선을 돌렸을 때야 비로소 맨발의 내가 다리를 힘겹게 끌며 나와 보조를 맞추고 있는 것을 발견했다.

"잠깐만."

내가 다급해서 소리쳤다.

"조금만 더."

그렇지만 그는 아주 부드러운 목소리와는 대조되는 확고한 눈동자로 나를 바라보고 있었다. 이상한 전율이 뻗치는 통에 입술을 깨물었다. 온몸에서 배출해낼 수 있는 모든 액체들이 다 뿜어져 나오는 듯한 기분이었다. 뜨거운 숨결. 상체에서는 투명한 땀이 하체에서는 붉은색 혈흔이 흐르고 있었다. 어지러웠지만 멈출 생각은 없었다.

"이렇게까지 하는 이유가 도대체 뭐야? 지상 세계로 돌아간다 한들 너희들이 얻는 것은 고작 늙어가는 인간의 몸일 뿐이야."

목소리가 들려왔고, 우리는 계속해서 걸었다. 대답을 한 것은 내 쪽이 아니었다.

"그렇게 단순한 문제가 아니에요. 아무 육신이 아니라, 나한테로 돌아가는 겁니다. 나를 구하러 가는 것이지요. 우리는 저 보잘것없는 몸뚱어리가 살기를 바랍니다."

땀이 송골송골 맺혀 있었고, 숨을 헥헥거리면서도 정확한 발음으로 이야기하는 것을 보면서 나는 놀라지 않을 수 없었다. 내 안에 이렇게 강한 존재가 살았다는 사실에 기쁨과 미안함이 동시에 일렁였다. 경이로우면서도 경탄스러웠다. 나는 나를 방관했지만 내 안에 살았던 또 다른 나는 그렇지 않았다. 나는 숨을 크게 들이 쉬고는 더욱 당차게 걸었다. 파편들이 내 발을 찌르는 것은 이제 아무렇지 않았다. 그러는 동안 우리는 어느 한 거울 앞에 섰다. 그곳에는 교무실에 놓인 커다란 네모 테이블에 앉아 있는 내가 보였다. 발을 동동거리며 지루한 듯한 표정을 지으며 눈으로는 무언가를 열심히 쫓고 있었다.

"우리 애, 잘 좀 부탁드릴게요."

온화하고 다정한 목소리가 거울 속에서 흘러나왔다. 머지않아 커다란 떡 보따리를 들고서 손수 선생님들 손에 쥐어주는 엄마의 모습이 보였다. 기억하건대 학부모 상담일은 아니었다. 중학교 절친이었던 예찬과 떨어진 이후 내가 영 학교생활에 적응을 못하는 것 같다는 지적을 이미 여러 차례 받아온 터였다. 수업 시간에는 다른 생각을 하기 일쑤였으며 낙서만 해대는 통에 교무실로 몇 번이나 호출이 되었던 적이 있다. 그것이 비단 나의 학업 문제 때문만은 아니었다. 고등학교 2학년 학생들의 담임을 맡는다는 것은 선생님들이 가장 난감해 하였는데 그도 그럴 것이 개인 진로 상담부터 시작하여 대학에 대한 책임감까지 같이 떠안아야 하기 때문이다. 즉, 내가 헛나가는 듯한 단 하나의 행동이 혹은 밑바닥을 유지하는 성적조차 큰 죄가 되었다는 것이다.

"무얼 이런 걸 다. 진대가 축구를 하는 열정으로 공부를 하면 좋을 텐데 말이죠. 아무튼 잘 먹겠습니다."

어느 새 비닐을 벗기고서 쩝쩝 소리를 내는 담임 선생님의 모습이 나타났다. 오랜만에 보는 얼굴에 다소 반가움을 느낀 것은 사실이나 잠자코 지켜보자니 왜 하필 이곳으로 나를 데리고 왔는지 궁금하지 않을 수가 없었다. 나는 옆에서 아직도 숨을 고르고 있는 앳된 나의 모습을 바라보았다. 흥분하고 신이 나 보였기에 무어라 말을 꺼내야 할지 고민했다. 그러는 와중에도 거울 속에서는 계속해서 말소리가 들려오고 있었다.

"그러면 됐지요. 아가 때문에 신경을 영 못 써주는데, 엄마로서 할 수 있는 게 고작 이런 것밖에 없네요. 우리 진대 공부 못해도 너무 나무라지 말아요. 씩씩하기만 하면 됐지요."

"남자를 강하게 키우셔야지."

담임은 아니꼽다는 말투로 떡을 오물거리며 혼잣말로 중얼거렸다. 생각해보면, 엄마는 나에게 단 한 번도 대학을 가라는 말을 한 적이 없었다. 아버지 주머니로 손을 뻗어 담배를 가로챘을 때도 어쩌면 알고 계셨는지도 모를 일이었다. 그녀는 나의 모든 선택을 존중했으며 서울로 가겠다는 말에 만원 백 장을 봉투에 담아 건네주기도 하였다. 그저 왜라는 물음 대신 미소를 지으셨을 뿐이었다. 그때였다. 내가 앉은 테이블에서 그리 멀지 않은 원탁 책상에 한 아이가 앉아 있었다. 나는 너무 놀라 한 발짝 거울 앞으로 다가갔다.

"하태수?"

뒤를 돌아 말없이 거울을 바라보고 있던 나를 향해 물었다. 태수는 시무룩한 표정으로 엄마를 줄곧 바라보았다. 그런 시선을 느꼈는지, 그녀는 잠시 멈추어 태수를 바라보았는데 그는 눈을 피하지도 않고 오히려 반듯하게 떠 보이고 있었다. 마치 주인에게 관심 받고자 애교를 부리는 애완동물의 모습과도 같았다. 차가움은 온데간데없는 데다 다소 긴장한 듯 두 손을 가지런히 모으고 있는 것을 보면서 나는 기겁하지 않을 수 없었다. 그러자 담임이 나타나 엄마에게 나지막이 속삭였다. 그 말은 조금 과장된 표현으로 이야기를 하자면 내가 서 있는 세상을 무너지게 하기 충분했고 나라는 사람이 얼마나 어리석었는지를 직면하게 만들기에도 부족함이 없었다.

"저 놈, 고아예요. 서울에 있는 보육 시설에서 자랐다가 최근 꽤 괜찮은 재력의 부모를 만났는데 이혼했어요. 엄마는 스페인으로 떠났고, 아빠는 애를 포항으로 보내면서 돈만 좀 남긴 것 같아요. 그걸로 검정고시를 보는 게 빨랐을 텐데."

그는 안타까운 듯이 말하면서도 혀를 끌끌 차댔다. 나는 담임의 태도에 분노를 참을 수가 없었는데 이 또한 내가 단편적인 모습을 바라보는 것인가 싶어 잠시 고개를 떨구었다. 나의 시선을 이끈 것은 그 다음 들려온 엄마의 말이었다.

"씩씩하기만 하면 됐지요."

한 걸음 태수가 있는 쪽으로 다가가며 그에게 손수 만든 시루떡 하나를 건네며 말했다.

"따뜻할 때 먹거라."

태수는 고개를 끄덕이며 양손을 앞으로 뻗으며 떡을 받아들었다. 그의 시선은 다른 곳도 아닌 우리 엄마에게 고정되어 있었다. 나는 무엇을 미워했던 것인가. 그가 내게 보인 행동이 정당했다고 생각하지는 않는다.

'다만….'

나는 잠시 생각하기를 멈추고 미소를 짓고 있는 학창 시절의 나를 위에서 아래로 찬찬히 훑어보았다. 오똑 선 콧날과 작은 입술부터 먼지를 뒤집어쓰고 있는 교복 자켓, 한껏 말아 올린 바지, 그리고 얇은 다리. 피를 흘리면서까지 나를 이곳으로 데리고 온 이유를 어쩌면 나는 불구덩이 속으로 들어가기 전까지도 알지 못할 것이라 확신했다. 무릎을 조금 굽혀 다리를 쓸어 내렸다. 피는 계속해서 흐르고 있는 것 같았다. 나는 두 다리를 펴고서 나를 안았다. 그러자 바로 눈앞에서 거울이 무너져 내렸다. 우리는 손을 맞잡고 서둘러 그곳을 빠져 나왔다. 이제 상처 같은 것은 아무래도 좋았다. 무너지지 않은 단 한 개의 거울을 향해 우리는 쉴 틈 없이 달렸다.

좀 전까지 테라스에 앉아 멍한 눈빛으로 담배를 쥐고 있었는데, 지금은 아니다. 거울을 비추는 것은 오직 짙은 어둠이었다. 잠이 든 모양이었다.

"한심하다니까."

이 말을 한 것은 내가 아니었다. 다만 조금 부끄러운 마음이 들었는데, 내가 인간의 육신에 있는 동안 처참히 망가지는 모습을 같은 시선으로 바라봤을 것이라는 생각이 들었기 때문이다. 뒤를 돌아보니 이제 남아 있는 거울은 하나도 없었다.

"나 이제 알았어."

"무엇을?"

우리 중 누구 하나 거울에서 시선을 떼지 않은 채 말했다.

"내가 울고 있었던 이유. 내가 무너졌던 이유." 나는 한 차례 숨을 크게 들이마시며 말을 이었다.

“들키고 싶지 않아서 그랬어. 권력이나 세속적인 것들 앞에서 힘없이 나풀거리는 내 자신 말이야. 한심하지만 그걸 이길 힘이 없었어. 그런데 이제는 아니야.”

어린 나는 “응.” 하고서 짧은 대답을 하고는 고개를 들어 저 너머를 바라보다 말했다.

“나 너무 졸려.”

“나도 그래.”

실제로 그러했다. 너무 피곤했고, 지쳤다. 그러나 그것은 내가 죽지 않았다는 결정적인 증거가 되어주었기에 그리 속상하지 않았다. 나는 차가운 거울을 향해 손을 뻗었다. 이윽고 잠자코 있던 목소리가 다시 들려왔다. 그러나 그 형태가 조금 달랐다. 쇳녹 소리라든가 공포심이 묻어나지 않은 기분 좋은 소리였다. 나는 일전부터 나에게 말을 걸던 녀석과 동일한 것이라고 생각하지 않았다.

“인간의 경이로움을 알고 서로를 사랑하는 영혼. 그대들의 진심을 보았노라. 인간의 육신으로 돌아갈 충분한 자격이 된다.”

그러고는 내게 묻기를 육신으로 돌아가는 방법을 처음부터 알고 있었느냐는 것이었다. 나는 솔직하게 그런 것은 아니며 그저 내가 할 수 있는 일이 나를 찾는 것 말고는 없었다고 대답했다. 불구덩이 속으로 제 스스로 들어갔을 나의 모습을 그려보았다. 그것은 무척이나 괴로운 장면이고, 막을 수만 있다면 필시 몇 번이고 다시 유리 조각들이 널브러진 길을 걸을 수도 있었다. 내가 할 수 있는 일은 고작 그런 일이었다. 어둠 속에서 오랜 시간 동안 나 자신을 지켜보며 새로운 영혼을 환영해야만 했을 다른 영혼들을 생각하면 눈시울이 붉어졌다. 나는 이곳 어딘가에 지키지 못한 또 다른 내가 있지는 않을까 생각했다. 그러나 크게 걱정을 하지는 않았다. 지금의 나를 보고 있다면 따라 나올 수도 있을 것이라 여겼기 때문이다. 그리고 그 놈도. 나는 출구 앞에 서서 한동안 움직이지 못했다.

"불러볼까?"

내가 말했다. 그는 분명 일전에 인간이었는데 그 자격을 얻지 못했다고 했다. 왜 자신을 마주하지 않았던 걸까. 왜 열심히 살았던 자신에게 단 한 차례도 경이로움을 표하지 않은 걸까. 알 수 없는 미지의 영역에 영원히 갇히기로 작정한 이유가 무엇일까 궁금했지만 영원히 그 대답을 듣지 못할 수도 있겠다고 생각했다. 그가 천사도, 악마도 아니라면 무엇인가에 대한 답도 알지 못할 것이다. 설령 알게 된다고 한들 달라지는 것은 없었지만 그가 궁금했다. 그것이 나에게만 속한 생각이 아니었다는 것은 고개를 아주 약간만 돌려도 알 수 있었다. 무수히 많은 나의 영혼들이 허공을 향해 고개를 치켜들고 있던 것이 아니겠는가.

"돌아갈 육신도 마주할 영혼도 없이, 외롭지 않을까?"

"그건 우리가 평생 알 수 없을지도 몰라. 그러니 우리를 소중히 하는 수밖에."

몸이 부웅 하고 떠오르며 아무런 소음도 들리지 않았다. 폭신했고 봄바람을 맞이할 때처럼 설렘이 벅찰 듯이 차올랐다. 그 말을 끝으로 우리는 지그시 눈을 감았다.

꿈을 꾸었다. 눈을 뜨자 몸에서 알 수 없는 환희가 끌어 올랐기에 나는 곧장 욕실로 향해 내 얼굴부터 확인했다. 그리고는 그토록 갈망하던 샤워를 했다. 비뚤배뚤 익숙하지 않게 수염을 깎아대는 통에 턱에 자그마한 상처가 났다. 기다린 수건을 온몸에 감고서는 거실로 나왔을 무렵 어지럽혀진 테이블과 침대가 눈에 보였다. 나는 지체 없이 나를 반기는 커다란 매트리스를 향해 몸을 날렸다. 쿠웅 하는 소리가 들리며 침대가 마구잡이로 흔들렸지만 그런 것은 전혀 개의치 않았다. 오히려 나의 신경을 자극한 것은 이불에서 나는 불쾌한 냄새였다. 후두둑 하는 빗소리가 창문을 때리기 시작한 것도 그때였다. 나는 자리에 앉아 노트북 화면을 켜고는 돌아온 날짜를 확인했다.

4월 23일. 더 이상 내가 오랜 시간 동안 잠들어 있었다는 사실에 그리 놀라지 않았다. 나는 제대로 잠을 잔 기억이 없었지만 말이다. 수명을 다해 꺼져 있는 핸드폰을 바라보았다. 무언가를 한참 동안 골똘히 생각하다가 전원이 켜지는 대로 전화를 걸었다. 전화를 받은 여성은 나를 그리 반가워하지 않았다. 오히려 경멸에 찬 목소리로 "그럴 필요 없어요!"라고 쏘아 붙이는 탓에 귀가 멍멍할 지경이었다. 나는 그럴 필요가 있다고 대답하고는 방으로 들어가 나갈 채비를 하였다. 거울을 바라보다 4월에 입기에는 다소 더울 수 있는 바지를 향해 손을 뻗었다. 다림질을 하지 않아 여기저기 주름진 검정색 바지였다. 거기에 가벼이 하얀 와이셔츠를 걸치고는 차에 몸을 실었다.

"이런."

밖으로 나와 차를 바라보았을 때, 가장 먼저 내뱉은 말이었다. 아니, 탄식이라고 해두자. 어쨌든 그것은 운전자를 다소 위험에 빠뜨릴 수 있을 만큼의 지저분함을 자랑하고 있었는데 비바람에 먼지가 뿌옇게 앉아 있었다. 그뿐이랴, 군데군데 자리 잡고 있는 새똥도 만만치 않았다. 나는 그것에 대해서 기분이 좋은 것은 아니었지만 할 수 있는 것이 없었다. 비는 여전히 내리고 있었지만 결국 지하철을 타고 가기로 결정했다. 겨울 바지에 와이셔츠, 그리고 그것과는 다소 어울리지 않은 샌들을 신고서 우산을 폈다. 지나가는 사람들이 몇 차례 나를 흘겨보는 것이 느껴졌다. 그러나 그러한 시선들은 지하철을 타자 조금은 누그러진 듯했었다. 정확하게 말하자면 다들 아래를 떨구며 무언가에 열중하느라 나는 안중에도 없는 듯 보였던 것이다. 지하철 안은 다소 차가웠지만 사람들이 제 몸을 부딪히며 적당한 온도를 만들어냈다. 핸드폰을 집기 위해 주머니로 손을 뻗자 네모난 무언가가 같이 딸려 나왔다.

"이곳에 있다면 좋았을 텐데."

곰돌이 얼굴이 새겨져 있는 작은 밴드를 손아귀에서 이리저리 굴리며 곱슬머리의 사내아이의 얼굴을 떠올렸다.

'빌어보세요. 제가 울고 있던 이유.'

'저 만나러 오실 거예요?'

'다음에 만나면 알려 드릴게요.'

그 아이의 얼굴이 했던 말들과 함께 생생히 그려졌다. 그는 죽은 육신이기는 하였으나 끝까지 이름을 알려주지 않았다. 나는 그 아이의 영혼이 불구덩이에 들어갔을 것이라 생각하고 싶지 않았다. 밴드를 붙이고서 나았다는 그 아이의 순수함이 머릿속에서 맴돌고 있었다. 겪어온 일에 대해서 말을 한다면 나는 정신병자 취급을 받을 것이 분명했다. 그러나 그런 것은 아무래도 좋았다. 다만, 그것을 인간의 언어로 표현하기엔 너무 무겁고 진중하며 나는 너무 멍청했다. 내가 알고 있는 것이라고는 내 안에서 나비가 날갯짓을 하는 듯 솟아오르는 어떠한 무언가일 뿐이었다. 지하철에서 내리자 많은 사람들이 빠른 보폭으로 계단을 올랐다. 나는 급할 것이 전혀 없었기에 지나치는 이들을 가만히 올려다보았다. 몇 분의 시간이 흐른 뒤 승강장에는 사람들이 들어서기 시작했고, 계단을 올라 밖으로 나왔다. 회사 앞에 다다르자 곱지 않은 시선으로 나를 바라보는 이들이 늘었다. 두 눈이 달린 데다 그 수가 많아지니 부담스러웠다. 그러나 피할 이유는 전혀 없었기에 곧장 건물 안으로 향했다. 로비로 들어섰을 때 나를 가로막는 이는 아무도 없었다. 오히려 한 여직원이 나와 나에게 손을 흔들어 보였고 우리 둘은 나란히 인사팀으로 향했다. 그녀는 작은 방으로 나를 안내하며 '사직서'라고 적힌 종이 한 장을 건넸다.

"일전에 이미 사인하셨잖아요."

그러면서 내가 이곳까지 다시 찾아온 이유가 무엇인지에 대해서 물었다. 그녀는 내가 말을 할 때까지 기다리고 있었지만 정말 궁금해서 물어본 것은 아니라는 것을 잘 알고 있었다. 나는 가지런하지 못한 글씨체로 쓰인 나의 이름 석 자를 내려다보고서 말했다.

"제가 쓴 게 아닌데요."

그러나 그녀가 말하길 서류상으로는 이미 퇴직 처리가 되었으며 나의 계좌로 퇴직금까지 보내기 위해 연락을 취했었으나 한동안 내가 연락이 되지 않아 그 과정을 진행하지 못했다고 말했다. 나는 그제야 그녀가 허겁지겁 로비로 달려 나온 이유를 알 수 있었다. 잠시 기다리라는 말을 남기고서 몇 분 동안 자리를 비웠는데 밖에서 일종의 대화로 추정되는 다른 목소리 두어 개가 동시다발적으로 들려왔다. 그들은 내가 이곳으로 온 것 자체가 정상적인 행동은 아니라며 협박을 하거든 경찰에 신고할 테니 책상을 은밀히 두드리라고 했다. 나는 여전히 방음이 잘 되지 않는 회의실 안을 찬찬히 둘러볼 뿐이었다. 곧이어 서류 몇 장을 들고서 다시 한 번 여자가 모습을 드러냈다. 퇴직금 지급과 관련하여 개인정보 동의서에 사인을 하고서 금액과 계좌번호를 확인하라고 했다. 그녀는 내 눈앞에 검정색 볼펜을 들이밀었지만 나는 아무런 행동도 취하지 않았다.

"바쁘니까. 빨리 좀 해주실래요?"

언성을 높이며 짜증스럽게 이야기하는 말투에는 큰 흥미가 없었다. 오히려 내가 빨리해야 하는 이유는 전혀 없었기 때문에 나는 눈앞에 놓인 펜을 빙그르르 돌릴 뿐이었다. 그녀는 나의 태도에 화가 나기라도 한 듯 자리에서 벌떡 일어서며 책상을 쾅 하고 내리쳤다. 나는 내가 직접 서명하지 않은 사직서를 여자 쪽으로 밀면서 얘기했다.

"절차라는 게 있다고요? 그것을 위해 이곳에 왔습니다. 제가 선택하고 시작한 일인 만큼 마무리도 제가 짓고 싶었습니다. 그런데 이것은 마치 사직하는 사람 따로 돈 받는 사람 따로 인 듯한 느낌이 들어서요. 말씀해보세요. 이게 과연 도덕적인 행위인가요?"

그녀는 팔짱을 끼고서 거친 숨을 몰아쉬었다. 그리고는 어이없다는 듯이 소리치기를 내 입에서는 도덕이라는 말이 나와서는 안 된다는 것이었다. 본인이 이곳에서 사람을 다룬 지 7년이 되어가는데 나같이 비도덕적이고 양심 없는 사람은 본 적이 없다고 했다. 당최 무슨 이야기를 하는 것인지 알 수가 없었기에 역정을 내는 그녀를 가만히 바라보았다. 그리고는 그것이 지금과 무슨 상관인지를 모르겠다며 사직서에 내가 직접 서명을 하고자 하니 새로운 사직서를 들고 와달라고 부탁했다. 나는 그저 이들이 말하는 절차를 이제라도 순차적으로 진행하고자 하는 마음이기에 그것이 평소 내가 부도덕한 인간인 것과는 별개의 문제라고도 말했다. 그러자 여자는 두 팔을 테이블에 올린 채 내 쪽으로 얼굴을 기울여 보였는데, 향수 냄새가 너무 지독하여 켁켁 올라오는 잔기침을 참은 채 얼굴을 뒤로 내뺐다. 그러나 그럴수록 달덩이 같은 얼굴이 더욱 커다랗게 다가왔다. 그녀는 어느 한 지점에서 멈추며 아주 나지막이 말했다.

"조용히 서명하고 나가, 이 사이코패스야."

그 말에 당황하지 않을 수 없었는데 순간 나는 그곳이 정말 현실 세계인지 자각하기까지 긴 시간이 걸렸던 것으로 기억한다. 그러나 물러서지 않기로 작정하고서 똑같이 속삭였다.

"사직서 가지고 오세요."

그녀는 숨을 내쉬며 자리를 박차고 나갔다. 얼마 안 있다가 노크 소리가 들렸는데 방문을 열고 들어온 것은 여자가 아니라 경찰 제복을 입은 사내 둘이었다. 어느 새 인사팀과 로비는 북적거렸고 나는 상황 설명을 하기도 전에 건물 밖으로 연행되었다. 모든 과정에 대해서 설명할 필요는 없었지만 나는 단지 사직서에 사인을 하러 온 것뿐이며 오히려 나의 심기를 불편하게 만든 것은 상대방이었다고 말했다. 두 명 중 다소 키가 작고 피부가 하얀 남자가 모자를 한 번 벗었다가 다시 눌러쓰며 물었다.

"일전에 여직원을 폭행한 적이 있었다던데."

나는 그것은 사실이 아니며 단순한 말다툼이 있었을 뿐이라고 반박했다.

"정직을 추구하시는 분들이니 잘 아시잖아요. 저는 지금 소란을 피우러 온 것이 아니란 말입니다."

"조용히 하세요."

나의 말을 가로 막은 것은 키 작은 사내 옆에 서 있던 입술 두툼한 다른 경찰관이었다. 답답함에 두 손으로 얼굴을 가렸다. 그들은 머리부터 발끝까지 나를 훑으며 이상한 눈빛을 보내고 있었다. 지상 세계로 돌아오자 바로 펼쳐지는 어이없는 광경에 절망하지 않을 수 없었는데 그러다가 이따금씩 생각을 고쳐먹느라 부단히도 애를 써야 했다. 그 옆에서 커피 한 잔을 들고 있던 솔이를 마주친 것도 그 순간이었다. 조금 불러 있는 그녀의 배가 눈에 띄었다. 나는 시선을 피해 지나가려는 그녀에게 소리쳤다.

"솔이야, 잠시만 기다려."

분홍색 기다린 실크 원피스가 흩날리는 벚꽃과 아주 닮아 있다고 생각했다. 그녀는 언제나처럼 아름다웠고, 나는 최대한 처량해 보이고 싶지 않아 담담히 그녀의 이름을 불렀다. 주변으로 사람들이 몰려들었다. 솔이는 잠시 망설이는 듯하다가 내 쪽으로 천천히 걸어왔다. 경찰관 두 명은 솔이와 잠시 대화를 주고받는 듯하더니 이내 파란 경찰차 안으로 몸을 숨겼다. 그녀는 나에게 보는 눈이 많으니 근처로 자리를 옮기는 것은 어떻겠냐고 말했다. 나는 곧장 회사로 들어가야 하지 않느냐 물었지만 그녀는 괜찮다고 하였다. 우리는 회사에서 도보로 약 15분 거리에 있는 작은 한옥 카페로 들어섰다. 솔이는 여전히 씩씩했지만 슬픈 눈동자를 지니고 있었다. 그녀는 이미 커피를 마셨기 때문에 자신은 밀크티를 마시겠다고 하였다. 나 또한 같은 것으로 주문했다. 창밖으로 시선을 내던졌을 때는 여전히 잿빛 하늘이 지속되고 있던 탓에 카페에서 비추던 노란색 조명이 유난히 따뜻하게 느껴졌다. 우리는 한동안 아무런 말도 하지 않았지만 가슴 속에 담아둔 여러 이야기 중 무엇을 가장 먼저 해야 할지 몰랐기 때문이었다. 최소한 나는 그러했다. 먼저 말을 꺼낸 것은 내 쪽이었다.

"사직서를 쓰러 왔어."

"들었어. 경찰까지 소환한 것 보면 또 인사팀에서 별난 행동을 보인 모양이네."

그녀는 얕은 미소를 지어 보이며 당연하다는 듯이 이야기했다. 그러더니 장난스러운 말투로 정말 내가 별난 것일 수도 있겠다고 덧붙였다. 나는 그 말에 부정하지 않았다. 누군가의 기준 하에 내가 정말 별종이라면 그들의 말이 다 사실일 수도 있겠다고 생각했다. 그보다는 오히려 나를 피하지 않는 그녀에게 내가 할 수 있는 말이 무엇일지 고민하는 편이 더 나았다. 솔이는 줄곧 자신의 배를 쓰다듬는 행위를 반복하고 있었다. 애써 무시하려 해도 시선을 거둘 수가 없었기에 나는 진심을 담아 이야기했다.

"내가 미안해."우리는 그 후로도 꽤나 많은 이야기를 주고받았다. 그녀는 그동안 일어났던 일들에 대해서 이야기를 해주었는데, 그러는 사이 뜨거운 밀크티 두 잔이 우리 앞에 놓였다. 솔이는 빨대를 이용해 그것을 휘휘 저어대며 남편 될 사람은 미국에 가 있으며 자신도 머지않아 직장을 그만두고 남편 곁으로 갈 것이라고 했다. 그때마다 작은 한숨들을 내쉬었는데 나는 필시 내가 알지 못하는 여러 사연이 있으리라 믿었다. 설령 듣는다고 해도 해결해줄 수 없는 어떠한 무언가가 그녀 안에도 존재할 것이라 여겼다. 나의 시선이 부끄럽다는 듯 미소를 지어 보이는 그녀를 향해 나는 잠시 주춤하다 고향으로 내려갈 생각이며 원한다면 같이 가도 좋다고 이야기했다. 그리고는 이어서 말했다.

"누군가에게는 고작 직급 혹은 적은 돈이었을지 모르지만 나에게는 그것만이 살아갈 수 있는 목표이자 이유였어. 내게 소중한 것들을 지켜내기 위해서 더 잔인하고 냉정해질 필요가 있다고 생각했지. 그러다 나 혼자 아주 어둡고 끝이 없는 미로 속에 갇힌 적이 있었어. 무섭고, 외로웠어. 그때 만났던 너의 온기가, 너의 미소가 나를 몇 번이고 살게 했어."

솔이는 그에 관하여 어떠한 언급도 하지 않았지만 나는 그것이 그녀가 보인 일종의 배려라고 생각했다.

"그때 누군가 묻더라. 그렇게 까지 해서 살아야 하는 이유가 무것이냐고."

"그래서 뭐라고 대답했는데?"

그녀는 정말 궁금하다는 듯이 한쪽 손으로 턱을 괴며 나에게 집중하고 있었다. 나는 앞에 놓인 밀크티를 두 모금 마시고서 빗방울이 맺혀 있는 커다란 창문에 시선을 고정한 채 말했다.

"내가 할 수 있는 일이 그것밖에 없다고 했어. 피가 흐르고 땀이 흐르고 눈물이 흘러도, 내가 할 수 있는 일은 정말 그것밖에 없다고 했지."

"그 할 수 있는 일이 뭔데?"

"그것은, 이 모든 소음들로부터 벗어나게 되면 이야기해줄게. 다만 내가 하고 싶은 말은, 너는 내가 가질 수 있었던 최고의 행운 중 하나라는 거야."

내가 말했다. 그녀는 뾰로통한 표정을 지어 보이며 재미없다고 나를 타박했다. 나는 신의 존재를 믿지 않는다. 다만 사람들이 그렇다고 하니까 '그런가 보다' 했을 뿐이었다. 우리 두 사람이 회사 빌딩으로 돌아갔을 무렵 경찰차는 이미 떠나고 없었다. 내가 무슨 말을 해도 믿지 않을 사람들뿐이었다. 그렇지만 그것이 나의 잘못은 아니라고 생각했다. 저들도 저들의 일을 하는 것일 뿐이며 자신의 행복과 안전을 위해 최선을 다하는 중일지 모른다고 말이다. 솔이는 그런 나의 마음을 잘 알아주었기에 앞장서서 인사팀 과장에게 상황을 설명했다. 그제야 사직서에 내 이름을 똑바로 새겨 넣을 수 있었다. 우리 두 사람을 이상하게 바라보는 이들이 적지 않았기에 나는 솔이가 걱정되었다. 그렇지만 그녀는 자신 또한 사람들이 지어내는 소음 따위를 좋아하지 않기 때문에 상관없다고 했다. 나를 안내했던 여자 뒤로 하얀 피부의 키 큰 여자가 서서 나를 노려보고 있었다. 이따금씩 나에게 손가락질을 하며 심한 육두문자를 내뱉기도 하였는데 나는 그녀에 대해 아는 것이 없었기에 다가가 나지막이 말했다.

"나는 내가 결코 미쳤다고 생각하지 않습니다. 그건 나를 그렇다고 판단하는 이들의 힘 꺾인 말뿐이니까요. 내가 정말 미쳤다면 나에게는 세상을 뒤집을 힘이 존재할 것입니다. 하지만 저에게는 그런 힘이 없습니다. 그저 살아가는 것이지요. 다른 이들과 똑같이. 내 안에 존재하는 힘을 믿으면서요."

화가 났다거나 원망을 하였기에 한 말들은 아니었다. 오히려 그 반대였다. 여자는 벌벌 떨면서 축 늘어진 눈으로 나를 바라보고 있었기에 할 수 있다고 생각한 것 이상으로 차분히 말하려고 노력하였다. 솔이는 사무실에 들러 수첩 하나를 들고 와야 하니 밖에서 기다리면 곧장 나오겠다고 했다. 그러고는 엘리베이터 문 쪽으로 몸을 돌렸는데 나는 재빨리 그녀의 손목을 붙잡고서 나도 같이 올라가도 되겠느냐고 물었다. 난감해서 어쩔 줄 모르는 그녀의 눈을 바라보고서 나는 단지 태수에게 하고 싶은 말이 있는데 사고를 치지 않고 조용히 나오겠다고 약속했다. 그제야 알겠다는 듯 고개를 끄덕여 보이고는 엘리베이터에 몸을 실었다. 거울 속 비친 나의 모습을 바라보았다. 옷무새를 한 번 정리하고는 눈을 감았다. 내 안에 존재하던 어떠한 긴장감이나 분노의 감정은 사라지고 없었다. 오히려 솔이가 다소 긴장한 듯 뻣뻣한 몸짓을 보이고 있었다. 나는 주위를 둘러보지 않고 곧장 책상에 앉아 있는 태수를 향해 성큼성큼 걸었다. 땅에서는 구두 소리 대신 푹신한 샌들의 느낌만이 고스란히 전해지고 있었다. 상무실 앞에 멈추었을 때 나를 가로막은 것은 다름 아닌 아영이었다. 그녀는 팔짱을 낀 채 변함없는 차가운 눈빛을 내게 보내고 있었는데 그 사이 살이 빠지기라도 한 듯 조금 더 야윈 모습이 보였다. 검정색 블라우스는 그녀의 맹수 같은 자세와 꼭 잘 어울린다고 생각하였지만 입 밖으로 내뱉지는 않았다. 나는 그녀에게 비즈니스 관계로서가 아닌 동창으로서 해야 하는 말이 있다고 했다. 그제야 그녀는 한 발짝 뒤로 물러섰고 나는 고맙다는 말을 하며 그가 있는 방안으로 들어섰다.

태수는 나의 얼굴을 보자 본능적으로 인상을 찡그렸다. 그리고는 다소 당황했다는 듯 잔기침 두어 번을 해대며 경멸의 눈으로 나를 바라보고 있었다. 나는 그런 것에 익숙했지만 기분은 그렇지 않았다.

'고아예요.'

묘한 감정들이 계속해서 나의 가슴을 후벼 파는 통에 나는 그가 내게 보내는 눈빛을 받아들이지 않기로 다짐했다. 태수는 자리에서 일어서고서 이곳에는 어떻게 들어왔으며 용건이 무엇인지 물었다. 나는 그에게 고향으로 내려갈 생각이며 원한다면 놀러 오라고 했다. 그는 어이없다는 듯 한쪽 입꼬리를 올리며 자신에게 고향은 스페인이며 시골로 내려가는 일은 없을 것이라 단호히 말했다. 나는 그가 거짓말을 하고 있다고 믿지는 않았으나 그래도 나름의 추억이 있지 않느냐고 물었고 그는 오랫동안 병원에 누워 있더니 드디어 정신이 나간 것이 틀림이 없다고 혼자서 중얼거렸다. 그러고 보면 마지막으로 그에게 나의 몸을 날린 순간, 그 이후를 나는 알지 못했다. 이곳에 없었기 때문이었다. 하지만 그런 것은 더 이상 중요한 것이 아니었다. 대신 나는 태수에게 환한 미소를 지어 보이고서 말했다.

"한 번 놀러와. 고향에 내려가면 엄마와 떡 장사를 해볼 생각이거든."

그의 눈빛이 아주 잠시 흔들리는 것을 보았기에 나는 이어서 이야기했다.

"예전 솜씨 그대로일지는 잘 모르겠지만, 너를 보면 분명 반가워하실 거야. 나 말고, 우리 엄마 보러 와."

그 말을 끝으로 나는 유유히 밖으로 나왔다. 안절부절 몸을 흔들며 나를 기다리는 솔이의 모습이 보였다. 나는 그녀에게 태수에게 몸을 던진 그 이후의 이야기를 물어보려다 말았다. 그보다는 세차를 해야 하는데 이참에 고속버스를 타고 가는 것은 어떻겠냐고 권유했다. 그녀는 내가 정말 이상하다고 말하면서도 싫다는 대답을 하지 않았기에 그것을 긍정의 의미로 받아들였다. 집으로 돌아와 천천히 짐을 챙겼다. 그리고는 다시금 어디론가 전화를 걸었다.

"오빠야. 내일 고향으로 가려고. 밥 같이 먹을까? 가족끼리."

아주 잠시 동안의 짧은 통화를 끝내고서 테라스로 나왔다. 어느새 잿더미가 되어버린 담배 잔해들을 내려다보았다. 더 이상 비는 오지 않았다. 밤공기는 시원했고, 기분 좋은 봄바람이 살랑거리던 찰나였다. 비틀거리던 한 취객이 하늘을 향해 무어라 소리치는 것이 보였다. 나는 그를 유심히 관찰해보고서는 나도 하늘로 시선을 옮겼다. 어쩌면 누군가 듣고 있을지도 모른다고 생각하며 잠시 망설이다 운을 뗐다.

"언젠가, 인간의 모습으로 다시 만납시다. 내 술 한잔 살 테니 그 때는 목수로서의 삶을 들려주라고. 그 사이 나는 이 몸을 한번 멋들어지게 만들어 볼 테니까."

나는 이제 아무것도 두렵지 않았다. 내가 지금 당장 할 수 있는 일은 그저, 나에게 주어진 하루를 귀중하게 살아내는 것 그 이상도 그 이하도 아니었다. 이따금씩은 노래를 부르고, 그것에 맞추어 몸을 흔들고, 눈앞에 펼쳐진 아름다움을 마주하는 것만이 내가 할 수 있는 전부이다. 그 순간 노크 소리가 나서 달려가보니, 제 상체만 한 가방을 든 채 한 여자가 서 있었다.

"어서 와, 진아야. 보고 싶었어."

끝

작가의 말

이 글을 쓰게 된 배경에 대해 말하자면 아주 원초적인 질문 하나에서 비롯되었다 할 수 있습니다.

"나는 누구이며, 도대체 어디로 가고 있는가?"

누군가는 이것에 대해 진부하고 시시하기 짝이 없는 것에 불과하다 여길지 모르겠습니다. 혹은 그것은 결코 알 수 없는 미지의 영역이라 말할 수도 있겠지요. 하지만 그런 과정의 반복이 결국 인생이며 역사를 만드는 것임을 믿습니다. 사랑했던 이의 이별 통보, 이어서 찾아온 중압감과 스트레스를 통해 나라는 존재는 이 세상에 속했지만 속하지 않는다는 듯한 기분을 떨칠 수가 없었습니다. 나를 판단하는 이들은 어디로부터 왔으며, 나의 어디를 바라보고 있는 것일까 하는 의문감이 든 것도 그 무렵이었지요. 이는 그러한 것들 속에서 내가 할 수 있는 가장 진지한 질문이었습니다. 그에 대한 해답을 찾기 위해 인간의 존재와 의미에 대해 한 평생 연구한 철학가들의 이야기와 끊임없는 자아 성찰을 해온 문학가들의 책을 가까이 했습니다. 특히, "타인에게 시선은 맞추지만 아무도 자기 자신으로 들어가려 하지 않는다"는 몽테뉴의 말은 당시 저에게 아주 큰 충격을 주었습니다. 알면서도 행하지 못하는 혹은 하지 않는, 그도 아니면 방법을 몰랐기에 나를 몇 차례고 부정하였던 날들이 선명합니다.

모든 소음에서 벗어나 경이로운 자연 앞에 눈을 감는 시간이 많아지니 내 안에 존재하던 많은 것들이 제거되고 비로소 내가 보인 것입니다. 언젠가 셰익스피어는 생전 "운명은 별이 정하는 것이 아니라, 우리 자신이 정하는 것"이라는 명언을 남겼었지요. 그의 작품을 보며 그가 남긴 걸작들에 아낌없는 감탄을 내뱉고는 했습니다. 이 글을 쓰는 와중에도 오랜 시간 눈을 감고 우두커니 앉아 있던 나를 한 번 더 떠올립니다. 그리고는 얼굴 한 번 본 적이 없는 수많은 예술가들의 모습을 생각하며 저 또한 펜을 들었습니다.

영원한 죽음에 대해서는 모르지만 영혼의 부재에 대해서 알아가는 한 남자의 이야기. 이 모든 것은 아주 작은 이기심에서 시작되었습니다. 우리는 모두 각기의 개성과 아름다움을 지니고 있습니다. 그러나 어느 순간부터 누군가와의 이별보다 잃어버린 물질적인 것들에 더욱 분노를 하며 살아갑니다. 너무 많은 것들이 제한 되었고, 더 큰 자유를 누리고자 하는 모든 행위에서 타인에게 상처를 주는 것 즈음은 당연해지는 세상이 되어 버린 것이지요. 바보들의 수군거림에 힘없이 나풀거리다 주저앉는 사람들. 그리고 그들을 재치고 어디론가 빠르게 달려가는 사람들. 나는 그들을 보며 이것이 정말 올바른 길이며, 향후 내가 물려주고 싶은 세상인가 고민해본적이 있습니다. 인간적인 것들은 사라지고 인공적인 것들이 들어서는 곳에서 내가 할 수 있는 것은 무엇인가 진지하게 고민을 해 보았다는 것입니다. 주인공 '오진대'를 통해 그저 세상 사람들이 말하는 대로 나만을 생각하며 열심히 살았으나, 그 행위가 오히려 자신을 파괴시키고 있었음을 보여주고자 했습니다. 사랑이 없고, 조화롭지 않은 세상은 어떠한 가치를 지니고 있는가. 상처를 받는다고 말하면서도 세상이 원래 그렇다고 말을 하며 나 자신을 악의 구렁텅이로 빠트리지 않기를 바라는 마음을 작은 이야기에 엮었습니다.

세상은 너무 빠르게 변하는데, 나 혼자만 보조를 맞추지 못하는 기분을 떨칠 수가 없습니다. 몇몇 사람들은 제게 사회에 대해 너무 많은 불만을 가지고 있는 '사회부적응자'라고 수근거릴지 모를 일입니다. 어제는 제 곁에 있던 이들이 '이방인'이 되어 사라집니다. 그것은 몇 번을 겪어도 적응 할 수 없습니다. 저는 한국어를 쓰고 한국 시민으로서 살아가지만 이곳에 속하지 않는 듯한 기분을 느꼈었죠. 한마디로 저 또한 환영 받지 못하는 이방인이었던 것입니다.

사회 구성원에 맞춰서 살기 위해 노력했던 때가 있었어요. 아니라고 생각되는 것에도 고개를 끄덕이며 맞다고 했죠. 그러나 행복하지 않았어요. 글을 쓰는 동안, 몇 번이나 수정작업을 거쳤는지 모릅니다. 완전히 빙의를 한 것 처럼 집필에만 몰두했었죠. 불면에 시달렸고, 아주 작은 소리에도 잠에서 깨어나기를 반복했습니다. 그럼에도 스트레스를 받지 않았어요. 고뇌하고 내 안에 있는 많은 것들을 쏟아 내는 것은 무척 어렵지만 그것은 나를 그저 행복하게 만들었습니다.

저는 저에게 어떠한 행운들이 온 것인지 압니다. 불안감을 안으며 이름 모를 누군가에게 말을 걸다 감정을 주체하지 못해 울었던 때도 있었어요. 허공을 향해 두 손 모아 간절히 바랐던 나의 모습은 여전히 잊혀지지 않습니다.

"딱 한번만, 저에게 기회를 주세요. 더도 말고, 덜도 말고 딱 한 번이면 족합니다." 제가 어느 날 무언가를 행하여서 잘 되었을 때 결코 그 일이 저 혼자만의 힘으로 된 것이라며 오만에 빠지지 않을 것이라 스스로와 약속했던 것이지요.

나는 아는 것이 없습니다. 그래서 고작 피드백을 얻기 위해 여러 출판사에 원고를 돌렸습니다. 비난을 받을 준비가 되어 있었던 것이지요. 그러다 만난 출판사 '미다스북스'는 저의 글에 관심을 보였고 세상의 빛을 보게 된 것입니다. 글을 쓰는 사람들은 많지만 마음에 와닿는 글을 쓰는 사람은 몇 없습니다. 저는 그것이 너무 안타까워요. 예부터 글에 담긴 힘은 실로 엄청났습니다. 그러나 요즈음은 같은 말을 포장지만 바꿔 쓰는 격이지요. 나 또한 독자들에게 그럴지 모르겠습니다. 그것은 저를 무척 두렵게 만들어요. 하지만 이렇게 이야기할 수 있겠습니다.

저는 그저 미숙하고 따분한 한 여자에 지나지 않을지 모릅니다. 하지만 나의 글은 그렇지 않습니다. 이 글이 누군가의 마음속에 닿는다면 영광입니다.